歷代畫家詩文集

檀園集

臺灣學生書局印行

歷代畫家詩文集 第四輯 敍錄

禪月集 二十五卷 補遺一卷

五代釋貫休撰。貫休姓姜氏，字德隱，浙江金華蘭溪人。七歲出家於本縣和安寺，喜咏哦，以詩得名，流布士大夫間。嘗遊荊楚，荊帥成汭初甚禮遇，駐錫龍興寺，尋被譖黜，遂西入川，蜀主王衍待遇甚隆，賜紫衣，署號禪月大師。梁乾化二年卒，年八十一。貫休善書，得六法，時人或比之懷素，號曰姜體，蓋以其俗姓名其書，然不甚傳。能畫，長於水墨，亦不多，偶作者多釋像，以羅漢最著。唯所繪狀貌古野，豐頤蹙頞，深目大鼻，悉是梵相，形骨古怪，殊不似世間所傳。其自謂每畫一尊，必祈夢得應眞貌方成之。殆立意絕俗，託是以神之也。其所繪釋像，近世藏家畫目尚頗見於著錄。

其詩初名西岳集，凡十卷，乃貫休遊荊楚時所自定，吳融序之，其本已無傳。其卒後十一年、王蜀乾德五年弟子曇域編集其歌詩文贊，名曰禪月集，並雕鏤於蜀。晁氏郡齋讀書志著錄禪月集三十卷，當是其本。惟崇文總目載三卷，疑脫「十」字。南宋理宗嘉熙四年婺州蘭溪兜率寺住持可燦重刊其集，僅二十五卷，錄樂府古風五言律及七言律絕共七〇九首，與曇域序所稱編集前後所製歌詩文贊，約一千首之數不合，且無文贊，則嘉熙刻本已非蜀刻之舊，而頗有殘闕矣。明季常熟毛晉覓獲其本重刊，並輯遺詩十五首，及摘句若干爲補遺一卷附後，收入唐三高僧詩中，四庫即據其本著錄，入清後未再繙雕。同治中胡鳳丹輯刻金華叢書，未見毛氏刻本，因據全唐詩鈔所錄十二卷收入，原出胡震亨唐音統籤，編次與毛刻稍有差異。明清兩代雖舊本罕傳，而舊鈔或影寫宋本尚不絕如縷。 孫氏平津館鑒藏書籍記著錄明柳大中影寫宋本， 絳雲樓、述古堂書目著錄者，大抵舊鈔，瞿氏鐵琴銅劍樓書目著錄明雁里草堂鈔本。民國初年，上海涵芬樓據武昌徐氏所藏影寫宋本影印入四部叢刊初編，始廣其傳。國立中央圖書館藏有毛氏汲古閣刻本一帙，乃上元鄧邦述舊藏，有鄧氏手校並題識。鄧氏據校底本，乃借自江安傅增湘氏藏影宋鈔本，校勘精審，是一本而兼兩本之長。唯鄧氏題識云：「其原宋刊本，今藏京師圖書館中， 沅叔同年長教育時倩人鈔存者」。考宋嘉熙原本，自明以來即未見著錄，各家所藏者，率自明人景宋寫本輾轉傳錄，實未睹宋刻原貌。京師圖書館及後來北平圖書館善本書目，俱未著錄宋刻此書。復考藏園羣書續記卷四，民國廿四年傅沅叔氏跋柳大中鈔白蓮集云：「於保和殿廊藏書中得舊鈔禪月集，據嘉熙四年婺州可燦刊本景寫者，因影摹一帙藏之」。是傅氏所鈔存者，乃從景宋寫本重錄，非據宋刊原本，鄧氏之言誤矣。爲免以訛傳訛，故亟辨之。

嵩山景迂生集　二十卷

宋晁說之撰。說之字以道，一字伯以，又字季此，自號景迂生，又號國安堂主。晚留意天台教，日誦法華經，自稱天台教僧，亦號老法華，河北清豐人。元豐五年成進士，歷知磁、武安、定諸州及無極縣，坐元符應詔上書斥放。欽宗嗣位，以著作郎召除秘書少監。高宗南渡，召爲侍讀，終徽猷閣待制提擧杭州洞霄宮，建炎三年卒，年七十一。說之博極羣書，通六經，尤邃於易。工詩，善畫山水寒林，喜作秋色蘆雁，世惟知崔子西，不知說之蘆雁尤妙。其畫、淸人畫錄中尙頗見於著錄。說之生平著述甚富，陸放翁嘗稱其著書專意排先儒，言多而不適，然亦許其淵博。惟遭靖康之亂，散佚殆盡，今僅有晁氏客話及景迂生集二書傳世。

景迂生集爲說之長孫子健所編，或名嵩山集，蓋一書而二名。紹興初、子健蒐訪說之遺詩雜文編爲一十二卷，即晁公武郡齋讀書志著錄者也。其後子健遊宦江浙蜀淮荆襄，續有所獲，連前計得奏議十七篇、古律詩八百九十二首、書記志銘之文一百六十三篇、及賸存之雜著四十四篇、儒言八十三則，重編爲二十卷，乾道三年刻之臨汀，陳振孫書錄解題所載者是也，四庫亦從其本著錄，唯頗有改竄。其書自元以來未再繙雕，傳者率自宋刻輾轉傳錄。惟自子健重編時，已有傳寫訛闕異同，不敢輒易，改補去取，尚俟他日訪求校正之語，四庫提要亦云譌誤頗甚，淸道光十二年吳貽端據淸初曹楝亭藏鈔本校刊，亦稱舛誤不可讀處悉仍甚舊。蓋宋刻原本旣不得見，傳者無一善本。今道光本亦存世甚罕，通行者唯四部叢刊續編景印舊鈔本。國立中央圖書館藏有鈔本景迂集三帙，以南昌彭元瑞知聖道齋鈔本較佳，亦自鈔宋本出，有朱筆校，不知出何人手。原闕序目及末二卷，近人郭宗熙據道光刻本抄補，並手跋於後。其本與四部叢刊續編本互有異同，玆從之景印流傳，庶增一別本，以資校勘也。

彝齋文編　四卷

宋趙孟堅撰。孟堅字子固，號彝齋居士，宗室子，居海鹽廣陳鎭。寶慶二年進士，爲湖州掾，入轉運司幕，知諸暨縣，以御史言罷。咸淳初，起朝散大夫知嚴州，命下，已前卒。孟堅修雅博識，人比米南宮。東西遊適，一舟橫陳，僅留一榻偃息地，餘皆所挾雅玩之物，意到左右取之，吟弄忘寢食，過者望而知爲趙子固書畫船也。善水墨白描花卉竹石，淸而不凡，秀而雅淡，尤工畫梅，所著有梅譜及文集。

彝齋文編、宋志及文獻通考經籍考未著錄，不詳原帙若干。明文淵閣書目載一部四册全，千頃堂書目始作四卷，不詳所本。舊本罕傳，四庫始據永樂大典所載輯出，釐爲四卷，著於錄，未必原帙也。民國初年、吳興劉承幹始據四庫輯本刻入嘉業堂叢書，並附補遺一卷，流傳方廣。近商務印書館復據文淵閣本景印入四庫珍本三輯中。此帙爲中央圖書館所藏鈔本，尚稱精整。書中偶有脫文誤字，雖非善本，亦有足供校勘者。

完菴集　二卷

明劉珏撰。珏字廷美，初號節齋，晚易號完菴，江蘇長洲人。郡守況鍾聞其才，辟爲從事，不就，補諸生，舉正統三年鄉薦，升入太學。以材選授刑部主事，遷山西按察僉事，甫五十，乞致仕歸。卜築秀野，疊石爲山，引流種樹，花木玲瓏，號小洞庭，高養其中。成化八年卒，年六十三。珏長於七言詩，尤工律體，對偶清麗，時人稱爲劉八句。書法宗李北海，善行草，兼工繪事，師王叔明，與徐有貞、杜東原、沈石田相友善。寫山水林谷，泉亂石深，木秀雲生，綿密幽媚，風流藹然，論者稱其幾於升巨然之堂，入仲圭之室。祝顥銘其墓云：行高四知，藝精三絕，洵非虛譽。雖珏於其書畫頗自矜惜，近傳世尚復不少，藏者咸寶玩之。

完菴集爲珏曾孫布所輯編，錄各體詩三百四十九首，釐爲上下二卷，並附祝顥所撰墓誌銘，原刻於弘治正德間。千頃堂書目著錄一卷，當係字之譌。其集、後代未再繙刋，四庫亦未收，存世極罕。中央圖書館收藏一帙，爲長洲汪閬源及吳興劉氏嘉業堂所舊藏，其本間有補刋之葉，殆嘉靖間修補印行者，茲卽據以景印，而廣其傳。

懷麓堂全稿　一百〇二卷

明李東陽撰。東陽字賓之，號西涯，湖南茶陵人，以戎籍居京師。年十八，登天順八年第二甲第一名進士，選庶吉士，授編修。弘治八年以禮部右侍郎入內閣，典誥敕。進禮部尚書文淵閣大學士，預機務，多所匡正。喜汲引人才，推挽俊彥。受顧命，輔翼武宗。劉瑾用事，閣臣劉健、謝遷並罷，東陽獨能潛移默奪，以保全善類。氣節之士雖多非之，然其貞操絜履，清節不渝，識者諒之。正德七年以吏部尚書華蓋殿大學士致仕，十一年卒，年七十，諡文正。東陽節儉正直，致仕後，蕭然四壁，鬻文書卷以給朝夕，無憂色。卒之日，不能治喪，門人故吏醵金錢賻之乃克葬，冰絜之操，足爲楷式。

東陽爲文典雅流麗，一變臺閣嘽緩冗沓之習。在內閣十餘年，凡朝廷詔冊誥議、諸大制作，多出其手。自明興以來，宰臣以文章領袖搢紳者，楊士奇之後，東陽一人而已。工書法，方四齡卽能作徑尺書，有神童譽。筆力矯健，自成一家，於眞行草隸，俱有法度，而篆書則一刬近習，規復前古。王弇州嘗稱其篆勝古隸，古隸勝眞行，尙爲篤論。生平所書詩卷法帖至夥，傳播四裔，人爭寶重，故存世較豐。史傳雖不言其精繪藝，觀詩集載題畫之什甚多，其中不乏手繪而題贈友人者。其畫松爲顧良弼主事題詩云：「畫松不必眞似松，風骨略與畫馬同」（詩稿卷七）。蓋文人興來偶作，不必爲工耳。福開森畫目載十百齋書畫錄著錄有東陽蘆汀漁叟圖，則所繪近世尙有傳者。

其詩文之集曰懷麓堂稿，乃東陽致仕後所自輯，凡詩稿二十卷、文稿三十卷，悉在翰林時所作；詩後稿十卷、文後稿三十卷，則在內閣時所撰。另附講讀錄二卷、東祀錄三卷、集句錄及後錄一卷、哭子錄一卷、南行稿一卷、北上錄一卷、求退錄三卷凡七種十二卷，皆專題別錄，未編入詩文卷中，總一百〇二卷。正德十一年其門人徽州知府熊桂始刻置郡齋。入淸後，康熙中茶陵州學正廖方達曾予重刊，四庫卽據其本著錄。嘉慶間茶陵再加翻刻，並增附崔傑、朱景英、法式善三家年譜。按千頃堂目載李氏尙有懷麓堂續稿二十卷，乃編錄致仕以後所撰詩文，邵寶曾爲作序，見泉齋勿藥集，惟淸代以來未見傳本。今康熙、嘉慶二刻傳世固已不多，正德原刻更稀如星鳳。國立中央圖書館藏有明版四部，其中間有嘉靖年間補刋之葉，蓋嘉靖以後修補印行者，各本多有殘缺卷葉，或偶有原版蹤踼處，茲據各本配成全帙，未淸晰處稍加描潤，予以景印，庶幾云爲善本也。

檀園集　十二卷

明李流芳撰。流芳字長蘅，號香海，自號泡菴道人，又號愼娛居士，江蘇嘉定人。萬曆三十四年登鄉舉，三上公車不第，遂絕意進取，以讀書侍母督課子姪爲事，崇禎二年病卒，年五十五，生平具見錢謙益撰墓誌銘。流芳工詩文，文品爲當代士林翹楚。四庫提要評其雖才地稍弱，不能與其鄉歸有光等抗衡，而當啓禎之時，竟陵之盛氣方新，歷下之餘波未絕，容與之間，獨恪守先正之典型，步步趨趨，詞歸雅潔，詡爲朱明二百餘年中之晚秀。李氏復精於法書與繪藝，其書規橅蘇東坡，畫山水，則筆墨淋漓。自謂無師承，而頗得古人之意。徐沁明畫錄則稱其出入宋元諸家，而于吳仲圭尤爲精詣。畫竹石花卉，則逸氣飛動，人以逸品目之。其作品，近世存者頗夥，率爲藏家所愛重。

檀園集乃流芳臨終前，應嘉定知縣四明謝三賓之請，自删汰平生所著詩文而手定者，凡詩六卷，序記雜文四卷，畫册題跋二卷，共十二卷。謝氏合唐時升、婁堅、程嘉燧三家刻爲嘉定四先生集，以備一邑之文獻。檀園集係於崇禎二年雕鐫，四庫卽據其本著錄。入清後，有康熙二十八年嘉定陸氏重刊四先生集，又崑山徐氏重刊檀園集單行本。今崇禎原刻固已傳世甚稀，卽清初繙刻本亦存世無多，玆卽據國立中央圖書館藏崇禎善本景印，所缺謝氏序文首葉，依文淵四庫本抄配，庶成足帙，以廣其傳。

松圓浪淘集　十八卷　偈菴集　二卷

明程嘉燧撰。嘉燧字孟陽，號偈菴，一號松圓，安徽休寧人，初寓武林，後僑居嘉定。少不羈，棄舉子業，學擊劍，不成，乃折節讀書。負俠使氣，喜赴人急難，嘗佐友人方方叔，爲潞州長治縣幕。精音律，工繪藝，尤長於詩，極爲董玄宰、錢牧齋所推重，世稱松圓詩老。畫山水宗王叔明、倪雲林，蒼潤渾穆，格韻並勝。興酣落筆，尺蹄便面，隨意揮灑。或貽書致幣，則經歲不能就一紙。因其矜重，不輕爲人點染，故畫傳世不多，特爲藏家所寶貴。崇禎十六年卒，年七十餘。所著除詩文外，尚有常熟破山福興寺志四卷，見四庫存目。

嘉燧自少喜爲詩，生平咏哦甚多，雖數編輯成帙，然不輕刻以示人。其詩初刻於山西長治，萬曆四十八年友人方方叔付雕，曰程孟陽詩，凡三卷，乃輯萬曆卅四年來之近作，其本今尚有存者。浪淘、偈菴二集刻於崇禎三年，乃應謝三賓之屬，選平生之稿而手定者，浪淘集凡錄詩九百四十五首，偈菴集則錄文一百八十七篇。詩係編年，文依體分，始萬曆十一年少小之作，以迄天啓五年。程氏卒後，其裔孫復輯刻其浪淘集以後詩文曰偶耕集，錢牧齋序之，見有學集卷十八，近未見傳本，諸集四庫均未著錄。崇禎三年刻嘉定四先生集本，清康熙中嘉定陸氏曾子重刋，茲本則據國立中央圖書館藏明原刻本影印。浪淘、偈菴二集與檀園雖同爲四明謝氏所刋嘉定四先生集本，惟此二集半葉十行，與檀園集作九行異耳。

耿菴詩稿　一卷

明金俊明撰。俊明本姓金，幼隨父養於朱氏，冒姓朱，名衮，字九章。後復本姓，更今名，字孝章，自號不寐道人。吳縣人，補縣學生，入復社，才名籍甚。甲申變後，隱居市廛，杜門傭書自給。平生好抄錄異書，靡間寒暑，藏書之所曰春草閒房，矮屋數椽，收藏滿櫃。其所鈐藏章有曰：「有商孫子」、「芳草王孫」、「殷孝章」，見天祿琳琅續目韋蘇州集，亦足見其志。康熙十四年卒，年七十四，門人私諡貞孝先生。

俊明工詩古文詞，善書畫，間作山水竹石，皆蕭疏有致。所繪墨梅最工，論者擬以鄭思肖之蘭。近世所傳其畫，什九皆梅也。其詩文集未嘗編刋，亦鮮見著錄，此帙爲黃蕘圃舊藏金氏之手稿本，卽蕘圃藏書題識所載金孝章詩稿是也。卷末有黃氏手跋二則，及近人王頌蔚跋一則，名賢手澤，並於一帙，益可珍寶。

梅村家藏集 五十八卷 附傳奇三種 四卷

清吳偉業撰。偉業字駿公，號梅村，江蘇太倉人。明崇禎四年辛未科會試第一，殿試一甲第二名，授翰林編修，歷充實錄纂修官、東宮講讀官、升南京國子司業，遷中允諭德，丁嗣父艱歸。服除，會甲申之變，馬士英迎立福王由崧於南京，召偉業爲少詹事，與馬氏及阮大鋮不合，甫二月而謝歸。江南破，奉母竄山中以避。順治十年，詔舉遺佚，有司交薦，敦逼赴京，授秘書院侍講，升國子祭酒，十四年丁嗣母憂告歸，遂不出，以著述自娛。康熙十年卒，年六十三。

偉業學問博贍，詩文工麗，蔚爲一時之冠，論者以庾信方之。其畫亦不愧爲大家，山水得董北苑、黃大癡法，能萃諸家之長而運以己意，清疎韶秀，風神自足。與董玄宰、王烟客等友善，嘗作畫中九友歌以紀之。盛大士以畫中九友擬之，謂當在玄宰烟客之間，李長蘅、程松圓尚有避舍處，何況餘子。推崇甚至。雖生平不多爲畫，近世尚頗有珍藏之者。著述甚富，除詩文外，有綏寇紀略十二卷、鹿樵紀聞三卷、春秋地理志十六卷、春秋氏族志二十四卷、及綏靖紀聞、復社紀事、梅村詩話、樂府傳奇等。除春秋地理志、氏族志、綏靖紀聞三書未見傳本外，餘均存於世。

其詩文集今傳世頗多，有四十卷本，乃康熙七年偉業生前，友人顧湄、周瓚等編校付刊者，凡詩詞二十卷，雜文二十卷，四庫即據以著錄。單箋註其詩者，則有程穆衡吳詩箋七卷、靳榮藩吳詩集覽二十卷附補註二十卷、吳翌鳳吳詩箋註十八卷，所注之詩，皆自四十卷本出。宣統二年武進董康獲吳氏家藏清稿本一帙，凡分六十卷，以校四十卷本，得多詩七十三首、詞五闋、文六十一篇及詩話一卷，因重釐為五十八卷，並輯刻本所有而稿本無之詩詞九首及文八篇，增補於後，並附顧師軾所撰年譜四卷、世系一卷，刊雕以傳。民國五年復獲吳氏所撰傳奇秣陵春、通天臺、臨春閣三種四卷刊附集後，一併印行，是為梅村集最足之本，玆即據以影印。上海涵芬樓四部叢刊初編亦從董氏誦芬室刻本景印，唯缺所附傳奇三種，無如此本之備也。

船山詩草　二十卷

清張問陶撰。問陶字柳門，一字仲冶，號船山，自稱老船，其狀似猿，因自號蜀山老猿，四川遂寧人。乾隆五十五年成進士，歷翰林檢討、江南道監察御史，選吏部驗封司郎中，嘉慶十五年出知山東萊州府，歲餘以病辭，就醫吳門，十九年卒，年五十一。問陶幼有異稟，讀書過目成誦，才情橫溢。所為古文辭奇傑廉勁，於詩尤工。袁子才、蔣苕生傾倒其才，爲之延譽。王昶蒲褐山房詩話稱其詩專主性靈，獨出新意，如神龍變化，不可端倪。近體超妙清新，雅近義山；古體奔放奇橫，頗近太白。卓然爲有清一大名家，蜀中詩人之最。顧世但稱其詩，而不知其書畫亦俱勝，蓋爲詩名所掩耳。其書法險勁放野，近似米南宮；其畫秀逸瀟灑，則近徐青藤。畫山水能脫盡習氣，畫花鳥人物悉隨筆爲之，風致蕭遠，而畫馬畫鷹，蒼秀得神。蓋其畫乃詩人餘技，能脫法而存士氣，不可以畫家格相繩也。其書畫存世見於藏家著錄者，尚頗不尠。

　問陶之文無傳，其詩集初名推袁，蓋與袁子才相契最深，欲引以爲重。枚卒後，嘉慶十三年，問陶刪存其詩，重編爲十五卷附一卷，始易名船山詩草，此二集俱無傳本。今傳本乃嘉慶二十年問陶卒後，同年石韞玉校刊之本，乃據張氏手訂而增補四十五歲以後所咏，凡二十卷，道光、同治遞曾繙刻。集係編年而不分體，始於十五歲乾隆四十三年，終于卒前一年嘉慶十八年，凡三十六年之作。玆據同治甲戌十三年重刊本景印。

檀園集序

予爲嘉定之三年始謀刻
四家文集於時長蘅已病
臥檀園予躬致藥餌登牀

握手長蘅爲彊起盡出所
著作手自芟纂得詩十六卷
序記雜文四卷畫冊題跋
二卷合十二卷題曰檀園

集授其姪宜之以應予之
請遂刻自檀園集始明年
正月長蘅没予哭其家爲
經紀其喪唏嘘不能去已

而刻成因爲之序長蘅累
世簪纓科名廿載文章書
畫絢爛海內其徒盜竊名
姓及摸勒衒售者猶足以

奉父母活妻子而長衛身
沒之日園亭水石圖書彝
鼎之外簏無一金廪無釜
稟高賢靜士之風流其大

晷亦可觀已為人慷慨遇
不平事無問朝野輒義形
於色然慈惠樂易甚其素性
也喜接後輩周貧交尤喜

成人之美未嘗有所怨忌
時或發詞偏宕或詩文感
憤類於罵譏嘲謔者有之
然言者無罪聞者足戒正

所謂深於風者矣惜其窮
老不遇徒放浪於吳山越
水盱衡奮袂以自鳴其不
幸故僅存玆集以傳世使

得待詔金馬延登玉堂拜稽揚厲以上繼皋陶史克之作令鄙人小夫帖耳咋舌於文章之有用從此不

敢侮易文墨士不亦偉歟而竟優游林壑以沒此予之嘆息痛閔於長蘅也嗟乎長蘅之所流傳未知雞

林等國何知凡我公卿學
士下至賈竪野老以及道
人劒客無不知敬慕若古
人然長蘅亦榮矣然大率

珍其畫與書耳能得其詩
文之意之所在者已不可
多得而况其爲人之大概
乎昔王逸少在東晉時其

精識深慮高標偉節識者
信爲蔡謨温嶠之流而爲
書名所掩至令耳食者但
曉宗其翰墨此又予之反

覆婉折於茲序也崇禎二
年秋七月友人謝三賓序

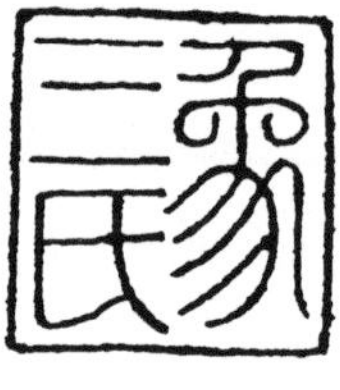

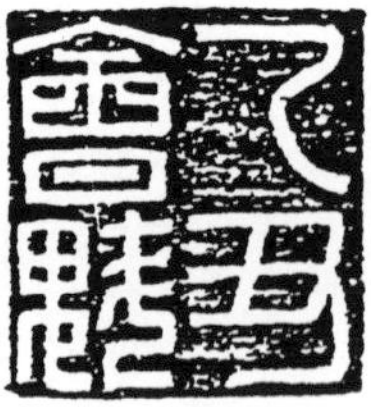

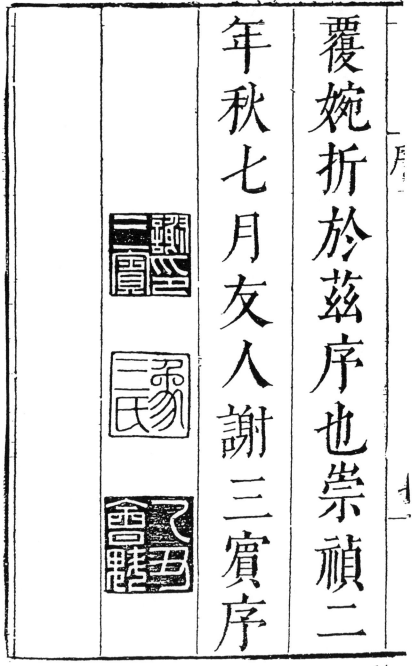

檀園集卷之一目錄

五言古詩 凡八十二首

聞子將於南山小築信宿爲子將題畫作

苦雨行

送座師林先生被　召北上三首

春日過梁溪偕顧虞丁秦圓符吳巒穉劉彥和遊寶界信宿陳氏山莊翌日將泛湖至華藏寺阻風不果登黿頭渚而還即事有作

夫容花下獨飲戲柬里中兄弟

巳酉春日以看梅到彈山信宿山閣讀壁

日而還偶作

吳門舟中解后閑孟自白下歸出予畫卷索題時予方北上走筆見意

閘河舟中戲效長慶體

宿東阿舊縣同張宗曉張伯美小飲村西梨花樹下作

鄒縣道中

西湖泛舟走筆戲呈同遊諸子

和朱修能蕉雪詩

初至白嶽宿榔梅菴作

自齊雲乘筏至落石臺留宿

豐干寄懷戴天卿

冬日同袁小修王幼度諸君集鍾伯敬邸舍即事

抱痾真歇禪師塔院夜坐偶占

無隱上人庭中有枯樹根綴以襍花草蒙茸可愛因爲寫生戲題一詩

戲示山中僧侶

述夢

訪秦心卿溪上懶園不遇有作

南歸詩二十首

龔廣文應民偕仲和見過分韻得蕭字

又得支字

壽龔翁行之

送張子石北上

送張宗在偕其伯兄宗自之官晉安

夜泊斜橋同與游子貽諸君步至靈巖小

飲而下

舟發斜橋至虎山喜晴一路看花

自青芝看花至茶山憇山頭石上感舊

同與游諸君游玄墓余肩輿先至錢家坎

感舊有作

夜攜榼至司徒廟古栢下已復篝火尋花

劇飲花下

題畫贈閒翁

次韵苔子將見招

檀園集卷之一目錄終

檀園集卷之一

嘉定李流芳長蘅著

五言古詩 凡七十二首

冬夜書懷

懷人不能寐起行眎天末風高夜氣爽空庭貯寒月落木何蕭疎縱橫影交列萬籟久逾靜中懷耿不滅憶我心所歡生平矢相結嬿婉能幾時一朝悲契濶前日送我行擥衣與我訣期我明月夜翩然履我闥將子無愆期指爲三四屈

筦簟既已安樽罍亦云設期逝子不來音塵望中絕川塗非渺邈江河多舟楫豈不顧前好或以事羈紲一心抱終始懷疑難自決團團天上月光輝有時缺藹藹庭中樹豈無辭柯葉新歡與古知恐或異涼熱引領還入房垂淚空咄咄

隴上別

靑靑隴上麥離離江邊樹此地曾別郎細雨濕歸路 解一 郎亦從此去儂亦從此辭感彼路傍人道儂相送時 解二 不忍與郎別又不隨郎去只是

牽郎衣躊躇復不語解三斫枝斫連理折花折並
頭今日非昨日儂身那自由解四一花持伴儂一
花持贈郎不比花顏色但比花荼商解五儂如車
脚泥棄置亦不安郎如失林翼孤栖亦不歡解六
儂自目送郎請郎莫回顧恐郎爲儂辛淚亦爲
郎茹解七譬如不相識相會自有期但願加餐飯
不願長相思解八

酒後爲鄭開孟畫扇戲題

吾愛水上亭覆以柳如絲不獨水清淺春風故

來吹水綠柳闘青顧眄明鬚眉荒園二三畝新栽四五株下有沮洳流上無黄草茨時亦偕吾友對此斟酌之適興聊復爾點綴亦何爲

將赴試白下走筆別荃之

憶昔婉孌時與子有成說悠悠路傍人使我意不徹齷齪不足論但念子羈紲人生非鹿豕豈難相訣絕不忍歷歷誠執手即嗚咽白門河畔柳句曲邸中月維舟復沽酒與子行相挈車塵十尺深關路百盤折奚囊共結束蹇衛爭蹩躠

村醪解饑劬松柴慰煩熱十年諳客味夢到魂欲裂況復與子辭獨行何孑孑水行多風浪陸行畏炎熈車行虞躷硊馬行憂蹉跌世路皆如此吾生何屑屑白龍百舡山嘉木蔭戚列揭來偕吾友掉頭意已決永懷向子期遂陋張生舌茲遊非本情聊以當一咉子如有兩意請與子長别

題荃之畫蘭

我箌學畫時意亦頗浩渺不求工形𩕳但以寫

懷抱十年弄筆研自顧尚草草子眞有夙慧落
筆郁便好疎疎幾葉蘭此意亦難了墨肥苦無
骨臉瘦神亦槁縱筆傷婀娜取態失蒼老不獨
傾位置兼亦貴風藻看子意有餘一往何振掉
著花花離離著葉葉婀婀因風欲翩翻墮雨故
夭矯開箑颯生氣嫣然出物表始知畫有眞俗
工徒潦倒勉旃自珍重成名不足道因憶吾友
言憯哉籠此鳥閑子孟遺荃之詩嘗有此句

燕中歸爲閑孟畫煙林小景有感而作

我行江非路轉愛江南趣雖有遠近山而無高低樹山枯石欲死泉涸礀亦痼平生山水歡所遇頓非故竭來揚子邊望見江南霧霧中何突兀金焦與北固春山一何青春江一何素得非筆變化母乃墨吞吐恍如逢故人此意不能喻吾家嵺城東小築溪頭住春流正環門夏木將莽互嘗躭詩中色兼識畫中句遊好在所生毋爲勤遠慕

登慈雲嶺還訪嚴印持忍公無敕鄒孟陽

聞子將於南山小築信宿爲予將題畫作

慈雲何盤盤崒嵂羅衆致白石如疊浪青林若簪髻落日宜遠山況與秋爽會憶昨湖上亭解后多意氣感君十年心發我千里思江山日待人突兀爲我儘從來費夢寐到此煩應對奇懷鬱種種筆墨差遠寄披襟欲嗒然相與尋冥契

苦雨行　紀戊申五月事

冬春苦不雨井竭水値錢入夏雨不休出門水接天咄哉造物功旱潦何其偏貧家少生事俯

仰資薄田平陸成江湖一望令心酸二麥既已
盡稈苗不得安歲功苟如此何以供粥饘阿毋
向我言汝憂良未殫且勿計歲功目前亦艱難
斗米如斗珠束薪如束縑餅中蓄已罄爨下寒
無煙小婦謀夕舂大婦愁朝餐前日雨壓垣舍
非泥盤盤昨夜雨穿屋帳底流潺潺籬落壞不
理衣裳濕難乾黽勉慰阿母獨坐窮憂端海内
方嗷嗷常苦征賦繁去年北大水三輔民騷然
司農乏遠籌往往苛東南連年稍成稔額外不

肯寬雖有奔歲儲傾囊輸上官吾觀閭左情豈
堪一歯年憯哉此長慮誰爲叩　帝閽傳聞四
郡閑告荒牘如山賢侯軫民瘼步禱良亦虔庶
幾回天心拯此魚鼈患褰裳出屋頭仰視雲根
蟠水鳥立我傍鳴蛙跳我前礎石潤欲滴青燈
光不焱晴占杳難期雨勢殊未厭翻思二三子
褁足不到門何時一相呼訴此情纏綿且當冒
雨出弄舟村東灣遠水正瀰蕩樹色相新鮮濁
酒尚可賒聊以開心顏

送座師林先生被　召北上

男兒生世中所貴在心期區區文字間未足定相知蹇余好迂闊賦性不適時落魄十載餘一朝生光輝感彼國士恩耿耿懷在茲吾聞俗人言詘伸各有宜有懷不得伸何用相知爲未俗文貌繁傴僂效尊卑相對少眞味囁嚅恐見疑先生豁達人容我放言辭況茲分手路長當篇雲泥蹤風效微忱蓄意紛如絲

梁溪東南衝自昔稱劇邑先生脫儒冠吏治如

夙習下車問疾苦豪右爭懾息秋霜比皎潔春風讓披拂嘖嘖道路閒口碑豈漫滅當今服官者安坐耀朱芾吾聞先生勤六年如一日長官費送迎簿書苦敦迫戴星出視事日旰常不食永言秉此心豈但一稱職　天子綜吏治　徵書下南國異等推先生循良亦生色但聞朝署間臺諫員半缺去年得　僉言至今壅膏澤擢官仍空銜毋乃非名實感時歎多艱增我意抑塞

去年西北饑今年東南水極目三吳間洪濤蕩
千里田穉委陽侯魚鼈半赤子更問邊儲空司
農乏經理聰爲財賦區膏寧餘幾嗷嗷溝中
瘠當復虞庚癸古人喻積薪斯言亦有旨 帝
閽遠難排父母幸孔邇僭寇已不再攀轅詎能
已提攜滿道傍號呼擁行李惻愴慈母心行行
且徙倚徙倚亦何爲建白從此始簪筆入承明
抗章上殿陛 聖主容直言痛哭況時事上言
天方難下言災可弭沛然發德音寬卹暨東鄙

道孳庶以甦菜色行當廻先生弘此猷蒼生拭
目竢

春日過梁溪偕顧虞工泰圓晉吳巒稚劉
彥和遊寶界信宿陳氏山莊翌日將泛湖
至華藏寺阻風不果登黿頭渚而還即事
有作

梁溪足名勝春風美遊遨吾友好事人載酒呼
輕舠出郭風日麗山水況相遭新柳正濯濯點
綴舒夭桃晴光發野色遠近句輕描言登寶界

巔極目湖天遥臺榭已零落松風尚飂飂山中
賢主人客至愛招邀牀頭酒如泉狂叫容吾曹
朋發恣幽討相與尋山椒山風忽振蕩湖水方
怒号華藏淼何許舟楫不敢操壯哉黿頭渚蜿
蜒出驚濤砥柱豈有意神功一何勞下穿怪石
叢濺沫聲嘈嘈奇狀洵不一悶倏心魂搖或如
怒獸奔或如劍戟交或側立若屏或嵌空若竅
山奴亦不俗濟勝矜捷趫往往蹤險絶引我凌
最高吾曹二三子瞪目但叫號落日下驥渚倒

見金光漂獨山青蒙非相望轉流寥醲酒酹長
風使我情一豪境淸難久留歸路翻蕭騷平生
愛奇賞茲遊愜久要勿言後期賒但闕所得饒

夫容花下獨飲戲柬里中兄弟

愛此夫容花簇簇水之湄上有竹參差下有水
漣漪水竹相暎發紅白交光輝自我牽物役三
年不見茲前日吳門歸常恐後花期家人向我
言花開尚未齊連朝登樓望風雨何凄其恐復
花顦顇徙倚多嗟咨花神好護惜留此遲晴曦

今日秋幾佳轉覺花多姿過雨著深淺因風故
高低既耀朝陽色更與落日宜一生愛花心輸
寫當此時何以酬花神但有酒盈巵自從抱病
來廿與麴糵辭對此不快飲空負看花爲但願
十日晴兼謝塵鞅羈客至不出迎閉門客勿疑
雖有愛花人不如我情癡我思古人言勝事空
自知

已酉春日以看梅到靈山信宿山閣讀壁
間舊題如昨日耳而當時共事者徐孺穀

張君實與小史荃之皆死矣退之有言人欲久不死而觀居此世者何也愴然興懷爰作此詩

七載閣中人重來死亡半巡覽驚孤遊數往疑夢幻當年詩酒徒徐生意何悍小史最清發與我情婉孌張生實同調時亦偕汗漫一朝俱灰塵蕭條空里閈不見窗中山突兀猶在眼不見門前樹森疏好枝餘山花向我笑山鳥自相與壁間舊題字墨跡未漫漶嗟我同遊人一逝不

復返曉日充山舟夕月銅井院湖波綠欲皺楊
梅紅始綻曳杖追流雲浮杯激飛淀此中樂事
多此日歡情變低回閱身世生存硯顏面西州
下悲淚黃壚發浩歎予懷不可道松風吹獨且

兩積看花宿六浮閣上走筆示閑孟兼呈

同遊諸子

去年梅花新愛殺錢家渚花光與水色映徹乃
如許我欲作一詩緒多不能舉因之發浩想就
此結茆宇西積亦曠莽數畝足容與揭來尋舊

遊況復多伴侶信足潭東西入背浮四五（山中有潭東潭西湖中有五浮）花繁塞遠近徑折迷處所或疑雲浮空復道雪封塢吾徒好奇者遇境愛多取到此徒跌宕耳目不自主翻思去年人重來僅予汝程龔與胥朱何意守環堵清遊信難期汝乃以予鼓昨夜懷陰晴江頭過風雨入春多佳日造物豈予侮茲行偶得遂予歌汝可舞興闌要秉燭相對寒閣語山風颯然清似勸手中醑買山已得計吾駕不可圉

登銅井訪三乘上人

盤礴銅井道舊遊記平樾褰衣出木杪坐覺耳目豁半嶺界湖光衆山爭出没湖天西北寬山勢東南匝莫釐與縹緲相望何巑岏指顧煙雲閒可以一葦截山頭石縈縈歷亂如積雪俯視千林花上下同一潔山僧出迎我問姓始相識誰言三度遊已作七年別當時同遊者眼中異存殁山川閱來往笑我老日月悠悠且宅人何乃爲化但終當離有漏就此得眞歟

彈山左阜待月獨飲

尋幽愛獨往發興因落日坐眺湖南山光影互吞蝕湖中與山外倒見兩輪挹瞋色下村塢千花發光澤澄波忽凝練新月皎然出初疑琥珀光俄作琉璃色依然此石上變態何恍惚風細來林香露涼減酒力仰覿快澄霽俯瞰畏深壑林端見遠火歸徑迷欲失

山中喜張魯生至同尋尉斗柄坐湖邊竟日而還偶作

貪遊不知止足力疲屢試趣晚日當午偃曝聊
自恣忽聞故人來發我湖上意出門何翩翩兩
足殊快利嘗聞尉斗柄頗恠此名異昝年過其
下髣髴巳恷記今日天有風湖山想奇致相與
歷西磧山窮見湖勢沿流正縈紆撫石得小憇
飛湍擊嘈呟穹壁立贔屭洗出如削威斗絕畏
崩墜閃爍絢冊堊剝落疑文字傾厓側足過陰
躄緣藤縋燕磯與黿渚生平快遊地遂儗兼勝
概恍惚理夢寐高歌遏水聲浩蕩入胸次吾欲

乘長風悠然向天際脩哉多舟楫使我不得濟

吳門舟中邂逅閑孟自白下歸出予畫卷

索題時予方北上走筆見意

我從燕中歸爲君作小景題詩見予懷遂凝息馳騁茲行復何爲相對徒耿耿人生出處間一往貴勇猛媿予懷兩端疾走以避影見君風塵色使我意逾冷青山與白雲開卷發深省終當果此期無爲歎萍梗

閘河舟中戲效長慶體

濟河五十閘閘水不濡軏十里置一閘蓄水如
蓄髓一閘走一日守閘如守鬼下水顧其前上
水還顧尾帆檣委若棄篙櫓靜如死京路三千
餘日行十餘里迢迢春明門何時得到彼長安
遠於日斯言亦有以人生天地間所貴適志爾
八極可橫騖風雲屬鞭弭胡爲動羈栖縮縮如
行蟻含彼廣莫鄉守此涓滴水哀哉世間人都
爲名利使韁鎖一著身事事不由已請君轉頭
看即此有妙理觀彼名利人皇皇赴朝市當其

守閒時靜縣皆如此知其無奈何安心勿妄僥豈無捷徑路車馳與馬駛吾行寧倭遲君子進以禮

宿東阿舊縣同張宗曉張伯美小飲村西梨樹下作

搴帷見山色知是東阿路不忍驅車行願言得少住舊縣好村落下車日未暮青山遶村西桃梨亦無數花光與山氣似喜輕陰護嘗愛岑嘉州花缺春山何何意風塵中乃與賞心遇為我

傾酒筒婆娑此芳樹辛苦十日餘博此少時趣
三杯洗顏色陶然得吾故

鄒縣道中

日出鄒縣東風清嶧山下沙路軟於綿驢蹄滑
如瀉花村一抹過山勢轉欲鎛澹蕩客子心勞
歌從可罷

西湖泛舟走筆戲呈同游諸子

自我別西湖且復經年矣譬如心念人一見眞
可喜故人知我癖置我浮家裏著意籌雲山恣

情逐煙水昨夜泊湖心清月照瀰瀰今朝向南
屏餘霞乍收綺城頭日欲上山腰霧未已忽然
飛雨至煙雲互迤邐遥山正一抹長林滌如洗
坐覺雷峰失已訝皐亭紫咄嗟且暮間變態紛
如此山光與水氣相將弄奇詭平生愛山心對
此即欲死覓句畏唐突作圖但形似不如澆以
酒一笑鏟磈礧吾友五六人大半羈城市可憐
兩聞子喀喀親藥餌三嚴皆好奇何爲亦徙倚
良會不再得參商限咫尺使我情悵然人事難

具美舉觴屬同遊當共惜此晷

和朱修能蕉雪詩

蕉陰六月中風前颯蕭爽夜半孤夢回時作山雪想冬寒雪片深敲窻得淸響庭空碧葉盡幽意猶惚恍亦知不相遭所貴在相賞達人觀世間眞幻豈有兩雪中蕉正綠火裏蓮亦長

戯僧崖

此是戯僧崖砦有戯僧住石上松蕭疎草閒虎來去香積飯一投衲衣酒常汙垢淨了無取何

處得恐怖妙語衝口開懷哉不可遇

贈別不了上人

笞我叅夜臺十年懷一喝何來不了師灑然得衣鉢相逢杏花裏纏我問死活從來爛葛藤今朝僾一辭別我復何往江路春風闊

爲子將題夜遊卷

去年別子時期以秋中至非我故愆期人事苦牽繫故人書頻來責我意良是非獨負故人兼亦負紅樹風寒臘盡時忽傳故人意訪我南郭

門竟以不見去聞之心怦怦三夜不能寐已復
連夢子執手且長跽彼此更相訴繼之以泣涕
子嗔我不來我怨子不遇惟子何飄忽念子空
勞勤今朝果見子恍惚夢中事情多不能說示
我夜遊記煙林與月嶂點綴有微致野航容兩
人小艤慳一醉天寒湖水澗想見子與寄子應
增遠懷我亦發畫思平生山水心所恨不同地
賴此筆墨間拂拂出生氣我真說食飽子無獨
享娓朗朝復別子當以何日會題詩紀歲月二

月壬子歲

題畫再送王平仲

我愛燕子磯惟石吞江勢沓與伯子偕蹇驢衝曉至出山月隱林到門松映寺陟巔攬蕭曠尋徑造幽祕崩巖訝天開飛閣疑鬼峙玆遊屢入夢蹉跎杳難繼猶憶風雨過江急布帆駛丹壁照眼來突兀使我醉推篷一絕叫只尺不得濟君行到白門勝地誇此最磯下有洞天王李曾小憩相與歌蜀道江聲不敢沸君其往酹之爲

我通此意

靈鷲看紅葉期沈無回不至同吳伯霖鄒孟陽方回嚴印持聞子與小飲冷泉亭解后邵古菴江邦申分韵得山字

故人紅葉下頻期來此山經旬始載酒惆悵不同攀解后愜心賞歡焉開客顏寒巖愛晚氣移席臨溪灣泉光照酒白木葉上衣斑況接隱者論暫令人意閒

過皐亭龍居灣宿永慶禪院與一濂澄心

恒可諸上人步月

歸裝出西湖開道向黃鶴黃鶴峰爲皐亭最高處屢愆桐塢期偶遂龍居諾桐塢爲慧文法師結廬處在皐亭之西屢期予過彼竟不果輕舟凌晨風遥山滿晴郭冊林尚可數寒條紛無託披松指微徑聽水捫闢鑿新構爭遠勢平臺攬摇落霜餘山容淺天清海氣薄蹔歇塵勞心始知寂滅樂

每多方外遊見僧即如故燈明一龕下夜長愜深晤不知山月上千林已流素出門尋舊溪愛

踏松影路氣和空宇澄寒魄如春露去寺不數
武回矚鷲莽互幽泉洗我心微鍾杳然度

初至白嶽宿榔梅菴作

十年夢白嶽今日始一至落日捫天門寒風起
栟樹惟石摩空立崢嶸有落勢巨靈亦何意造
物惡瑣碎闢此偉麗觀使我心魂悸白雲千山
來遥空疑海氣當杯月在酒清景不可醉

自齊雲乘筏至落石臺留宿

五里十亭子下山忘險艱愛此溪山晴故作乘

筏還寒沙束回湍下見文石斑旭日來映之浮
動水石間吾徒二三子坐穩輿何間方過藍渡
橋復見落石灣落石勢已奇況此清流環松蘿
挂絶壁古色照我顏前林正丹黃煙郭黏遠山
我欲留此石一杯酹潺湲襆被叩上方待月同
躋攀

　　豐干寄懷戴天卿

我昨過隆阜問子人不識見子因吾友執手便
相得嗟我閱世多老眼太青白如子自不羣厮

腸映顏色我從齊雲還留連愛落石僧廚爨無
煙溪邊學閉息須臾千村素猶餘半巖黑絕叫
清景中不禁酒喉亟飛書往報子犯夜旋相郎
豈無巖城限況復路崎反感子欣然來絫絫載
觴炙使我獲一醉陶然共枕籍別子幾何時又
見陽月易豐于與隆阜相望苦相憶東門李女
郎頗不事妝飾迎門粲一笑此意可憐惜期子
重來過樓頭新月直

冬日同袁小修王幼度諸君集鍾伯敬邸

舍即事

苦寒長閉門旭日動春意忽聞故人期欣然先
客至相知無新舊解后關情事楚客談支離吳
儂亦顦顇百年一夕間燈深酒難醉出門限東
西欲別有餘思且喜寒更長前街月未墜

抱痾眞歇禪師塔院夜坐偶占

連夜不成寐雨餘喜得月中宵起推窗圓魄湊
林缺灑然濯煩抱涼意下天末風泉淆遠聽飛
螢一何聒是身本無常動念即成結遂令顛倒

見坐臥分勝劣堂堂塔中人安閒是何訣（禪師偈云）
老僧自有安閒法
八苦交煎總不妨
無隱上人庭中有枯樹根綴以襍花草蒙
茸可愛因爲寫生戲題一詩
山中枯樹根偃蹇蝕風雨久與土氣親生意于
焉聚隨手植花卉蕃息如出土月下垂朱實春
羅剪紅纓（月下紅剪春羅皆山中卉名）或若如鐺繡或藤如
結羽紛然燦成發位置疑有譜吾畫能寫生寫
生不寫形此景良可惜吾手亦不輕以畫易此

景請言平不平世人不貴眞貴假貴其名吾畫能不朽此景有衰榮莫言常住物只許供山僧

戲示山中僧侶

山居不須華山居不須大所須在適意隨地得其概高卑審燥濕涼燠視向背樓閣貴軒豁房廊宜映帶或與風月通或與水木會臥令心神安坐令耳目快臯亭美林壑中塔亦稱最一樓負山立圭竇如向晦山僧請余住余性苦不耐勸令開八窻咄嗟變湫隘前楹布淸陰後戶攬

蒼靄玲瓏稱人意蕭爽出塵界罷然謂山僧此
中固有解往往住山人不知山好在我昨居新
菴結構亦可惟居然仇涼風似欲杜靈籟古梅
如老宿亭亭使人愛其下安竈突柯條半焦壞
悲哉氷玉姿坐受熏灼害見之熱五內如身被
桎械誰當其拯此移竈出樹外面南闢小扉日
與香雪對區區一繙費功德乃萬倍吾言不見
用終爲未了債

三月十三夜同陸大無界待月虎丘得殿

字

清遊及佳辰載酒出芳甸日落風氣高晴郊綠
初徧入寺踏清陰登高撐蔥蒨須臾劒壑暝素
月流紺殿林影散積雪石光搖匹練鼓罷揚清
歌人開出素面此時人境空喧寂同一善低回
洵可樂去留亦無戀吾儕區中人蹤跡轆轤轉
今日與明日時乎會有變空懷買山期坐受塵
緇胥百年春幾逢一春月幾見春月此丘中契
潤共談讌我唱子可和灤子嵞溪研無界有本嵞研細潤

宜墨可愛

别友夏同孟陽無赦亦因修之君長過林
女郎天素月下聽天素彈琴琵琶因索余
詩走筆紀事

西湖别譚子離緒不可理載酒覓一歡美人在
湖溪美人閨中秀典會託山水筆墨出生氣坐
覺山水死清音到絲竹所貴豈悅耳初爲彈琵
琶四絃萬緒起再爲撫七絃幽懷歷妙指我攜
三絃客嘈雜亦可喜新聲世所尚古調益乃鄙

都生閒止人琴理協靜女竟彈畢清夜月落燈未已百年寡此歡終悲別譚子

自臯亭至塘棲舟中寓目有作

山雨驚客夢曉晴山亦喜山僧瞥我行送我溪之涘輕舟如落葉穩坐死在水波紋動雙趺遥山逐面徙前林霜葉熟風來散成綺丹黃積兩涯時與菱荇抵不知塘棲路沿山復幾里離憂付汗漫歸與亦容與

送王屺生歸楚

頃與譚子別輒作數日惡歸來不數日別酒為
君酌老懷長寡歡歲晚厭離索況君胸懷人相
對抉皮膜離言不敢深恐為衆所愕方今推楚
材紛紛冨述作吾尤愛譚子眞意存澹漠此賢
君所私冥契應有託清霜滿歸檣寒月照旅泊
君其往及之江邊問青雀

秋別

黃溪不肯長白日易云暮分手只此時扁舟東
西路迷君不能遠況敢留君住別淚何可吞羅

衣濕成故

九日寥寥亭獨坐看花感懷有作

去年桂花時對花懷吾友今年見花花發所思人在否虛亭敞蕭瑟秋氣變林藪清暘喜連朝風物況重九西湖前月中花枝已盈手江鄉花發遲歸客幸不後前月賞花人今朝復何有悲來不成歡負此盈尊酒

述夢

亭亭縞衣人山頭坐涼月招手謂我來只尺步

難越相憐意分明相望魂恍惚夢覺理何憑煩
憂向明發

訪秦心卿溪上懶園不遇有作

溪上好園亭君家聞最勝經過已廿年今始識
三徑翳然林水間愛此飛閣暎位置不在多貴
與風物稱主人意疎豁事事得眞性我來不相
值維舟柳邊暝見戴自無須悠然發孤咏

南歸詩

天道有晝夜動息兩不爭喜晝而悲夜無乃非

人情嗟余嬰此患何以處死生衾裯既已濕莞
簟有餘清人皆樂睡鄉胡我獨惺惺自從出門
來十臥九不寧夜則搖其精晝復勞其形常恐
大命至奄忽道無成公卿是何物性命乃可輕
學道三十年此心猶未安輾轉一夕閒擾擾千
萬端病以愛爲本憂怖乃相干物生每徇性夙
習不可刋順或忘其源逆則攖其湍心跡既以
違調伏良亦難逝將放吾意俯仰得所歡眞際
未可期庶以澄內觀 右不寐

不眠苦夜永待旦情徬徨傳聞虜渡河羽書達
明光前鋒已陷敵大將墮馬亡健卒三萬人一
朝化犬羊孤城若累卵覆車徵遼陽　天子爲
動色羣議紛蜩螗司馬出守邊元戎將啟行當
時晝戰守經撫何參商會聞右戰者未戰已仆
僵至今　廟堂間莫知誰否臧嗟余孱書生國
耻豈敢忘十年策不售何由叫閶闔委贄未分
明幸可商行藏一命亦致身將毋或不遑促裝
招吾友歸耕煌水鄉　右聞警

驅車出郭門行行愁逆旅童僕相爲言有客馳
馬去云追南行者昨已請　嚴旨聞之一驚歎
我罪以何抵全遼奄然喪謀國者誰子舍彼適
逃臣苛此章句士士固各有志進退綽然耳不
聞盛明朝羅士以鞭箠吾觀長安中縱橫曳朱
紫雲臺逞高議意氣一何侈但恃虜不來來亦
竟無恃吾儕藜藿人敢云肉食鄙進既不求榮
退則如脫屣會當翔冥鴻何乃嚇腐鼠右出都
我本疎狂人不適于用世當其少壯時筋力尚

可試權頹廿年餘業已甘放麼黽勉作此來未免爲貧計出門即不怡行止屢跋疐祿養或可圖世難偶相值未能爲親歡遺之以大慮絕裾者何人殆或非吾類高車易傾覆況復丁此季縱令爲身謀亦豈徒泄泄寄謝金門友出處各有爲同車既好我周道瞻如醉

噫嘻偕茲役維子暨汪子我從中道還子亦麼然止汪子行煢煢念之心欲死重來復同歸依然吾與爾汪子功名人微尚向不在此去留皆灑

然要覺歸可喜舉世急功名吾爾衆所訾曰此無遠圖區區效兒女兩人相睞笑吾乃狥譽毀古來畊釣徒亦各有其侶得子已不孤悠悠何足齒

我年未四十已懷退隱圖俯仰又十年何爲尚躊躇經過怯往蹟䰟魄識畏途去來廿年間道里三萬餘車裝敝屢要何況此微軀所以不自决豈徒爲饑驅富貴亦復佳歲月待我乎婚嫁幸已畢余口亦易餬故山皋亭下桃李滿村墟

深塢秀泉石近築靜者廬新梢想出籬疏泉行逵漯雙髻指天目一勺見西湖言之病已蘇泥當長久居息縣補吾劇造物豈區區

右途中示子將三首

春光已彊半氷雪尚如此雲開寒日輝不肯照窮子喜無塵撲面又苦泥沒趾車馬詰曲行五里當十里豈不憚修途歸途修亦邇

右阜城道中

北地行欲盡始覺春萌芽村柳色已新藹藹煙中斜渡河指齊郊河邊見歸槎淮徐行在眼吳會亦匪賒道路空苦辛分定勿復嗟生不愛京

華不如早還家還家春未暮及見桃梨花　右德州道中

曉起占天色青天無纖滓占者忌早晴暫晴亦可喜朧朧日未舒同雲復瀰瀰須臾密雪布咫尺如萬里但見雲濤來泓然失涯涘去住無所憑始識汗漫理天公作此戲聊戲吾與汝　右遇雪戲示子將

日暮雪色深曠野絕行蹤輿人惑四方東西覗天風忽然見新月冉冉來雲中雪亦能照夜得

月光始通度彼九曲坂賴此雨素容不知城郭
近杳爾聞微鍾我從天末來已覺下界空右守夜至思照作
客舍東城隅西山眺望間朝見積雪斑暮見落
日殷平生愛山心對之了不關今朝穀城下春
水始一灣麥畦綠照眼上有青螺鬟忽如逢故
人一笑開襟顏山水只如此值我歸興閒歸亦
有何好試問此青山右東阿道中
春光無次第雪後景已暄愛此沙路平青山歷

晴原下車策蹇行並轡相笑言遠峯翠欲滴近
岫勢屢翻惜未及花時指點桃梨村悠然度溪
橋下有碧潺湲投鞭一盥漱爲我洗煩寃右鄒縣道
中
茲山表餘方經過屢登眺偶然尋舊遊策蹇偕
所好荒亭何蕭瑟落日春風峭河山挾霸氣四
顧雄懷抱嗟此古戰場豈容隱者傲緬思放鶴
人無乃非高蹈不見山下湖淸如眉眼照河勢
欲吞山湖能益山貌此中豈有意河怒湖則笑

右登雲龍山

粤客自南來吳儂從非下解后黃河邊蹤跡兩
相訝問我歸何遽問爾行何暇同是公車人不
及公車罷此時長安客闔監舉子舍豈知風波
間有此間晝夜於彼為桎梏於我如放赦難進
而易退聊用解嘲罵　右黃河紀遇

江淮十日晴似為歸人貺濁河亦霽顏平瀾容
月漾今朝廣陵路春氣轉駘蕩邗溝日已斜瓜
州潮未漲滯舟江城邊揭來江城上櫻桃淡多

姿楊柳綠無狀江水媚春曉開此好圖障惟我思江南請君試一望

右瓜洲曉望

十年渡揚子狎此如袵席今始識風波呼吸投不測舉世皆駭機避就本無益不死亦偶然餘生眞可憎不然此春光遂與成永隔出險心已夷聊共子遊息望中指非固沿溪花的的言詣山之陰仰觀快奇壁偉哉鐵柱峰峇岈疑斧劈傍有衲子居幽洞祕冊碧洞中少寒暑龕燈伴朝夕嗟余風波民何由得此遭幸已脫魚腹復

爾舫且宅稽首禮大悲終然度苦厄右渡江遭風幾覆泊

潤州閘山同子將步至北固山後禮觀音洞觀石壁

北固行坦迤平岡若修隆江山出兩腋羣物無遁形顧盼收金焦迢遞控層城城中起炊煙山氣相與凝日色射遠江躍冶光晶熒天水上下同微波不能興翻思弄舟好失我觸所驚下山尋花溪落日噴朱櫻花亦愛晚妝高低衆態生穿花藉艸坐歸路香冥冥右登北固下並甘露港還舟夜港多櫻桃園

吾愛陶彭澤出處皆草草動必求其全俗人自纏擾吾爾廿年交知子如余少愛子無俗情俗情亦自好口常說隱淪身復戀溫飽蹉跎兩不遂此意各能了茲遊計百日日日同傾倒鼙鼓聲動天風濤勢翻島寢食閒談諧賴以忘疲懈不知分手路只此閶門道經過雖有期別懷亦悄悄子歸及桃花六橋踏清曉別葉在龍泓泉石真可老我歸百無歡燒筍聽春鳥秋風從子遊松閣為我埽 布吳門別子將

伯兄性寡營生理日蕭條兩弟皆食貧汲汲度
昬朝為農力不任課兒亦無聊餘潤或望余自
顧無脂膏今當遂長往念此中心焦勉謝諸兄
弟此非人力邀吾宗自薄祐先達皆早彫從兄
與仲氏當年躡登　朝至今同籍人秉樞冠百
僚逝者倘可留翩翩然亦雲霄大命既有制露電
安可饕我雖老風塵壽命較巳牢與其夭斧斤
寧以樗櫟逃傷彼泉下人惘我道路勞兄弟要
相慰烹蔬傾濁醪婆娑阿母旁此樂何陶陶富

貴有此否何乃爲我驕天倫豈世情菀枯同所
遭但當崇令德愼勿望門高

襲廣文應民偕仲和見過分韻得蕭字

前日故人來遺我酒一瓢開之氷雪香獨醉安
敢饕扁舟繫門前好客不待招空庭多落葉秋
老風蕭蕭缺月呼未出燭光青迢遥此時不快
飲何能待來朝

又得支字

我本寂寞人幽憂不可支出門寡所歡不如守

茆茨感子惠然來慰我心所期貧家雖乏供幸有酒盈巵形迹既已略言笑兩不疑人生行胸懷不醉復何爲

壽龔翁行之

龔翁古端士而尤愛氣類余胥稱且狂友之折行輩高才不用世乃爲後起賴翩翩三鳳毛出匣露光惟翁爲古稀人我亦知非歲看翁尚矍鑠顧我已衰邁相與成老友頹景各自愛惜非山水鄉放脚若有礙節物有時佳詩酒亦堪在

從翁杖屨游或作州閭會日月從此長縣鄭何足悔

送張子石北上

衰柳不堪折煌霜留舊容㲯㲯楊子岸猶惹渡江風馬首初向北不知關路重黃河氷連山燕臺塵蔽空路難良可歎汗湧思無窮我爵事馳騁臨老萬事慵貴交久削迹一丘息微躬長安尺一書十年不復通當今誰愛士此道如盲聾知子徒有心致身竟何從子實慕風節非獨文

采豐遇合亦尋常壯夫豈苟同去去勿復道行
子慎秋冬、

送張宗在偕其伯兄宗自之官晉安

君家有仙吏栽花晉安縣十月發吳江千山樹
如茜知子重友于兼亦愛遊翫相攜山水鄉壚
篪何婉孌子於季孟間咢足名鳳擅鵷成自有
時涉歷乃益練賢兄谿達人剸割豈不慣操刀
或躊躇旁觀子亦善熏風榕樹下秋氣芳蘭畔
猩紅荔子盤雪白江瑶饌閉門但加飡勿使鄉

心亂

夜泊斜橋同王與游顧子貽諸君步至靈
巖小飲而下

胥江罷風雨陰晴攬游思落景靈巖下維舟識
所詣入村山路逅疎松表塔寺遂登山之椒選
石得小憩巳出青雲端攬彼遠湖勢呼酒敵北
風新月排雲至溪橋橫歸路似欲併幽趣尋山
亦偶然造適焉取醉

舟發斜橋至虎山喜晴一路看花作

旭日在船窗睡起喜欲旋推篷望諸山山山如曳練我來政及時千林開已遍花亦愛客來天應爲花眷先教雨洗妝復遣晴開面幽尋足未試一覽目先眩商量花近遠次第遊方便庶作十日留荅此花繾綣

自青芝看花至茶山憇山頭石上感舊

緣山數十里步步入香徑看花宜輿行神逸目始定茶山不數仞登覽撮其勝襟湖帶長岫高下目無剩衆花爭獻態卷石似得柄大千覩掌

現世界琉璃淨筲來我獨賞近乃游者兢廿年
懷卜築貧老苦奔迸媿此五浮丘後期猶可訂

同與游諸君游玄墓余肩輿先至錢家坎

感舊有作

肩輿背同游輿以懷舊發遥見坎上花高低素
屏列柔條愛紛披細路憐曲折花光自照耀混
與湖天切瀲灩爭晴空皎如花得月隨山意未
已戀樹心欲歇再游迷昨夢一往笑囘轍百年
真慾悠悠過眼何可掇

夜攜榼至司徒廟古栢下已復篝火尋花劇飲花下

看花晝不足尚擬乘夜遊花光宜月色林香應更幽輕雲亦有意遂我秉燭謀酒闌更攜尊選樹隨淹留愛此荒祠栢千年挺蒼虬黯黮迷園花懸燈照枝頭登木學巢飲歌放不可收笑語同游人尚有明日否

題畫贈聞翁

閏夏鬱殘暑園居如甑中郤思好林泉無過舊

龍泓深路入篁竹溪流漱松風葱翠日在眸清涼變塵容偶然弄筆墨意與泉石通如聞溪閣響似見林霏濃龍泓老神仙七十顏猶童往往攜我畫揭來登此峰我欲往觀之道遠不可從寄此侑千觴挂壁煙濛濛

次韻荅子將見招

平生事汗漫游跡紛難紀歸老負春期戢足守窮里西湖二月天啼鴂喚人起六橋泓花露雨堤夾錦水有時山山雲墨花濛素紈蓬艇盡日

牽藜杖終朝倚愛山誰如予愛畫誰如子會當
凌煙霄暫爾混塵市相期刷羽翰孰肯護瘡痏
我老甘放廢雞肋如脫屣看子意崢嶸猶思角
旗壘要之胸懷眞掇皮終見髓古來功名人可
憐浪生死悠悠風波中吾道有涯涘未敢妄呈
身庶以懲刖趾寧爲不材樗勿羨成蹊李予書
前月來誇以湖山美予方務內觀老圃將竊比
荷鋤登秋畦穉此當安徙壘石或栽花所謂聊
復爾待子買山深相攜白雲裏西湖如沸羹豈

以此易彼時方建魏璫祠于湖上

正月晦日雨霽同歸文休張冲善少謙集顧子貽齋中聽祖印上人譚禪分韻得里字

客愁殊未央春日去何駛樂彼幽人招快此風雨止移舟轉近郭着屐尋舊里隣園梅蕭疎城上山迤邐伊蒲出香飯開士同漉喜歸子平生歡契濶情具邇二張臭味人傾蓋可爾汝豈徒浪詩酒會欲了生死去年狂飲徒奄忽喪子美

(傷仲從也)悠悠百年中剎那安可恃空華豈眼見標月非手指麾以目擊存窻風吹破紙

送無際非上

夜長不能寐念子當遠行吉夢爲子來夢中占其祥如子韞文采其道當輝光晚達豈不佳服官猶壯强將子奮功名毋爲歎參商

答我與子交發言即同趣讀書不恥貧固欲行其意及乎赴功名子前我輒齟心知不能同豈復敢爲異子今揚天庭我終守衡泌子將爲其

難我亦安爲易出處各自量苟同竟何濟
送子金閶道高闕何嵯峨笑彼夸者子高危當
奈何丈夫自有懷衆人鮮不波　廟堂方昺新
一朝盪羣魔四海頌太平考槃亦寤歌況此詔
公車彌天恢網羅束身事聖明豈不愛濯磨直
言望吾子毋徒貴詞科

檀園集卷之一　終

檀園集卷之二目錄

七言古詩 凡三十一首

盤螭山訪覺如上人不遇

余買一小丘於鐵山下登陟不數十武而盡攬湖山之勝尤於看梅爲宜蓋踞花之上千村萬落一望而收之久欲作一小閣名爲六浮六浮之名遂滿人耳而閣竟不就友人鄒孟陽見余歎息每欲代爲經營令日始引孟陽至其地亦復叫絕不能已余因爲作六浮閣圖兼題一詩冀孟陽無忘此盟時丁巳八月十八月也

虎山踏月行示同游鄒孟陽張魯生

西湖喜遇譚友夏賦贈

風雨吟

題畫贈潘子方孺

送汪君彥同項不損燕遊兼呈不損

江南春二首

題葉熈時空香閣

檀園集卷之二

七言古詩凡三十一首

春雪有懷龔三仲和兼訊劉長卿張荃之

去歲以是日至武林大雪又嘗值冬雪偕長卿荃之泛舟至石岡阻水步歸城南石岡仲和別業也

去年此日西湖曲積素千山亂晴旭今年此日雪復驕排空匝野欺春條山樓四望何泬寥思君遥遥不可招城南一棹衝寒路水抱山圍石岡暮酒醒風歇凍不行著屐歸來賞君句只今

春花半含綺晻映山椒復何似花開雪落不相待我愁君病徒爲爾人生發興眞偶然吁嗟張生與劉子

重題荃之畫蘭

秋風蘭若長干客藂樹陰陰小窗碧千里開關遲子來殘燈細語爲誰劇當時子畫我作詩今日開看已陳迹我昨送子寒城東荒草菸菸掩阡陌腸摧淚竭無奈何手澤相誇竟何益吁嗟乎人生不死空有情慙迴傍人知愛惜

畫松石爲翁吾甹母夫人壽兼題長句

翁君彳亍何所適手持素縑長三尺屬余吮筆爲作圖圖此青松與白石翁君有母孀居三十年青松比貞石比堅恩勤育子誠可憐感君使我情潸然男兒不能安輿列甹爲親歡雖有菽水徒迍邅白頭厨中苦辛者誇數聖善何有焉翁君翁君愼勿迋東西奔走將何須江寒木落歲云徂倚門之望不可孤入門一笑慈顏舒春酒春盤次第敷高堂素壁挂此圖君當亟歸勿

風發深省

秋風行送張子嶷之白下

秋風水綠秦淮里香閣珠簾映淮水隔岸倡樓十萬家日日笙歌醉羅綺吾儕酒徒老亦狂不論文飲紅幕彊闈中就草日未落脫帽急走青樓倡曲頭小姬歌擅名雙鬟倚瑚徐發聲風生月出夜將半掉頭曲罷鍾山青人生此樂豈常有送子江干重回首男兒富貴自有時但遇風流莫相負燕臺漠漠塵紛紛天寒路長愁殺人

我今別子且欲往爲子先驅多苦辛

兩歸戲爲長句自解

人言債多能不愁我今眞作隔夜憂天生吾舌尚可用況有薄技供遨遊但恐饑寒命所注縱有衣食非人求一家嗷嗷三十口老母弱子將焉謀我欲賣郝百畝田不堪持作三年羞不然計且無復之請屏所愛不一留先賣几頭子石研不愛墨花纁澀春雲流次賣商尊父丁篆不愛寶色剝落夔龍糺次賣西山梅花二十畝不

踟躕吾聞君有仙人不死之術可以奉阿母何
如此樂眞良圖

與仲和期潭西看花仲和云當至洞庭巳

聞滯虎丘走筆寄嘲

我貪花月潭西住君愛煙波洞庭去還向潭西
望洞庭指點雲峰是君處春晴山閣花無那十
日尋花雙屐破輸君縹緲更軒豁歸應誇我峰
頭坐張生曉發吳門來傳君猶滯生公臺千塲
紅粉亦快意萬頃琉璃安在哉我昨期君訪舊

遊掉頭別我神何適知君未慣風波色且伴鷗
花穩一丘

過郎當嶺口占示汪無際

去年汪生到雲棲相戒莫翻郎當嶺今年我與
翻郎當始知此山實奇賴是日風雲氣變幻兼
之巖壑勢雄猛雲移日影千山來風入泉聲百
道冷愛此盤旋忘阻折足雖郎當意馳騁吾生
浪跡詎可量太華終南有絕頂茲山郎當未足
道誰爲此名乃予儆汪生汪生幾誤君使我廊

愛春湖草閣臨青浮最後賣却山雨之飛樓不愛松風梧月芙蓉秋如此不足辨吾事天實爲之吾何尤人年四十老將至譬如已死亦卽休

潘克家蔣部賀邀遊善卷寺酒後偶成

我生好遊天作緣昨日風雨今晴川泊舟遲愛松際寺入門稍覺風中泉恍然便與幽意愜何況突兀巖崖前出哉兩洞大奇絶使我心神猶宕跌雲端仙掌殊可辨四壁煙霞互明滅石牀丹竈亦宛然鹽堆米積何纖屑却思造物有底

意爲此形模巧施設仙人已去山鬼來虎豹疾走蛟龍迴吾欲上下窮兩崖水深可泝闇可開褰裳濡足亦徒爾胡不久留但裴回君不見祝娘遺跡今荒臺當年讀書安在哉（寺相傳爲祝英臺讀書處今有臺尚存）三生因果亦茫渺虛堂寂歷松風哀（寺爲唐丞相李蠙所創至宋李綱李遵伯復新之或以爲一姓三生故寺有三生堂云）嗟我何爲墮塵趣十年不踏荊溪路張公玉女入夢頻聞誇善卷空復妬今日何日果此緣山僧地主欣相遇經時未豁塵土腸一朝欲向山靈訴

洴澼蔣吳區潘蔣居洴澼潘居吳區皆近善卷寺二子知我我
不謾百年易盡歡不足胡不買山借盤桓子今
有山不肯居我今無錢欲買難待我有錢知幾
時蹉跎離墨與銅官

壽方孟旋母鄭太夫人

去年方子就我別荷風疎疎送餘熱執手欲話
燕路長低頭俯闇心已折今年春風失意歸別
子又見秋風飛遥知秉燭情相似欲寄壺觴伴
綵衣俄聞介壽當茲辰願言持此稱千春山川

悠悠隔吳越雖有懷抱無繇伸翻思燕市擊筑
時與子心期豈爾爲陶母廚中正辛苦區區升
斗猶參差男兒變化未可料安能屈首甘常調
由來菽水亦自歡朱門粱肉徒誇耀我懷此意
私吐吞非子莫敢相爲論亦知阿母自聖善不
至河漢吾此言倚雲山頭卜築成千頭木奴遶
宅生陽溪百仞清見底夾岸朱實丹霞明美哉
風土神仙居阿母保之樂有餘爛柯日月長不
老回看塵土將何如

送程孟陽遊楚中

我昨勸君爲楚遊，喜君翻然即掉頭。今日置酒與君別，見君行色我始愁。平生心知兩莫逆，人言君癡我亦癖。村扉城郭嫌疏索，那能別此長爲客。去年送我揚子湄，焦山落日江逶迤。豈意今年復送君，楚雲湘水勞相思。君家書閣秋山中，千山萬山松入風。我亦買山梅花裏，誅茆卜隣期子同。惜哉此意不得遂，邅年飄泊徙西東。人生萬事常相左，饑來驅人欲誰那。君今新得

賢主人相將且拽寒江花江月山花遠趁君詩
囊畫本留貽我

小築看荷花偶成

白公堤畔煙湖空四月未盡荷花紅兩湖盪槳
無一朶小築已見千花蘂昨日梅雨天多風風
翻雨打花龍鍾今朝日出方照曜半晴半陰態
愈工君不見雷峰倚天似醉翁霧樹欲睡紛朦
朧此花嫣然向我笑怯怯新粧出鏡中新粧美
人正可喜笑而不來情何已且拚一斗酬醉翁

此翁情澹如煙水

蓴羹歌

惟我生長居江東不識江東蓴菜美今年四月
來西湖西湖蓴生滿湖水朝朝暮暮來采蓴西
湖城中無一人西湖蓴菜蕭山賣千擔萬擔湘
湖濱吾友數人偏好事時呼輕舠致此味柔花
嫩葉出水新小摘輕淹雜生氣微施薑桂猶清
眞未下鹽豉已高貴吾家平頭解烹煮間出新
意殊可喜一朝能作千里羹頓使吾徒揺食指

琉璃盌成碧玉光五味紛錯生馨香出盤四座
已歎息舉筯不敢爭先嘗淺斟細嚼意未足指
點杯盤戀餘馥但知脆滑利齒牙不覺淸虛累
口腹血肉腥臊草木苦此味超然離品目京師
黃芽軟似酥家園燕笋白於玉差堪與汝爲執
友菁根杞苗皆臣僕君不見區區芋魁亦遭遇
西湖蓴生人不顧季膺之後有吾徒此物千年
免沈錮君爲我歌我作歌得此升斗不足多世
人耳食不貴近要須遠挹湘湖波 袁石公盛稱湘湖蓴菜美

不知湘湖無蓴皆從西湖采去以湘湖水浸之耳蓴菜初摘後以水浸之經宿則愈肥凡泉水湖水皆可浸不必湘湖水也今人但知有湘湖之蓴又因石公言謂非湘湖水浸不佳皆耳食者耳

西湖走筆贈雪嶠上人渡江尋雲門山

雲門山渺何許送君行隔江渚十年雙髻今何如千山萬山同逆旅西湖殢人我亦留君胡不留掉頭去我常愛君機鋒如劒鋩君亦愛我筆墨如風雨多生與君數相見此日分攜何足數空山無人雲作主猿狐悲啼虎豹怒衲衣綻盡

蒲團空何必樂邦乃我土

泊百花洲寄孟山人於紫薇村

百花洲上髯翁宅幾度維舟就君客城頭古臺橫月明臺下胥江向城白落日曾迴曙塢船捩風屢挂橫塘席喜君好事鉼罍賒喜君幽居門巷僻一朝到門主已非池塘柳色空依依歎息此翁無住著十年九徙何時歸山中雲物知好在舊日酒徒應到稀自笑無家猶畏徙跼蹐里中徙忍饑不如放浪從君去愛殺村翁住紫薇

婁江舟中題畫送王平仲遊南雍

黃姑灣頭黃梅雨稪岸重岡映村塢布帆遥爲
故人開一片離心寄江滸金陵悠悠隔煙樹故
人指日金陵去男兒會當有知己三十成名未
云暮桃葉渡頭小槳迎雞籠山下蹇蹄輕勝事
因風向予說舊遊何處不關情

贈鶴石翁

十年不見鶴石翁舊日酒腸今在否當年名飲
推吾徒豈意參商感白首我今且老何況君惱

哉當年臂鷹手每憶君家壓手杯一飲千杯不
停口酒後瀾翻說古今目睛煌煌爛如斗年來
沉飲但閉門我來叩門亦不有却思結客少年
時變滅白衣與蒼狗我嘗許君贈一言不覺蹉
跎廿年後如君沉冥古所無我欲名君君不受
常恐心期却負君喜君六十猶抖擻匡牀擁膝
晚来趣秋光熒熒照蓬牖壯士且復能飲乎酌
以大斗祈黃耇

嚴太夫人生日歌

我愛西湖三嚴子生長西湖山水裏兄酬弟唱
情性眞詩腸酒德堪驅使板輿時曳兩峰煙晝
舫常浮三塔水天生兄弟皆好奇日奉慈幃多
燕喜我生區區貴適志富貴不來來亦去羨君
神仙不易得君猶對我嗟不遇自言高堂常寡
歡令我稱觴爲大言我今落魄更可笑窮苦之
言安足存憶昨東歸意偪側入門彊笑無顏色
忍聞慈母慰遊子此意吞聲沓何極男兒逢世
知已疎欲決不決何躊躇靑鞋布襪掉頭得念

此尸饔兼倚閭咄咄三嚴子與君相知數年矣
豈不知子心中事人生免俗固難爾俗子樽中
酒上子阿母壽莫論富貴與窮愁過耳悠悠皆
不有君不見雲棲古佛今導師說法平等無參
差前年吾母往頂禮旋聞阿母同皈依團圞且
說無生話捧檄聯翩自有時

友人吳瑞生嘗患腹痛自言遇小不平輒
發以酒澆之則止酒醒復然余聞而異之
爲作此歌不敢望枚生七發聊用廣瑞生

意耳

袁生嘗有言人不可無癖天下難醫是俗病往往奇人有奇疾吳郎灑落風流人何事捧腹常呻吟自言此中多磈礧遇事輒發誰能禁初如車輪轆轤攪纏乃干戈劒戟擾但得一幾春融融無那酒醒愁渺渺余聞此言三歎息此症未許庸醫識余老世途屢折肱請為放言代草檄君不見此中空洞自本來何處崎嶇得荊棘會當笥經卷五千兼可容卿輩數百有時五嶽起

立江河奔有時青天萬里雲無迹紛紛氷炭徒
滿懷摩娑祇供一笑劇勸君不用純灰三斛洗
世間亦無中山千日醴酒不爲功亦非祟但請
皈心向慈氏爲君刬却人我根到處常得輕安
體

戲贈吳鹿長

去年逢子西湖曲新妝綺疏映湖綠一曲千杯
笑不停燈下酡顏勝紅玉今來豐干子出迎訝
子形骸大瘦生自言脾病連三月齋廚冷澹如

枯僧吁嗟別子曾幾時咨時豪華今爾爲吳郎
吳郎我知子子病可療癖難醫自古鍾情在我
輩僕本恨人諳此味風流老却夢已陳芻古悠
悠猶有氣桃葉渡頭望眼懸秦淮月對白門斜
朱絃罷弄烏絲濕我聞斷腸況子耶我嘗愛子
胸懷真少許却勝多許人但恐君情猶未至情
癡未足爲君累縱令壘瘦來清虛不似肥癡擁
渣滓況子貌枯神轉腴高譚燁燁雙眼珠豈有
此人爲情死終看夢覺成栩蘧

贈別吳正子

華屏山頭月初上喜子能來共村醞河西橋外雪片飛愁子衝寒匹馬歸憶昨豐干初見子向我喃喃情不已欲扶風雅回波瀾不為區區念桑梓君不見豐溪村中十萬家朱門粱肉紛如麻吳生閉門守四壁百城萬卷徒相誇囊空不肯留一錢好客時時沽十千腰間澀盡脫手贈匣裏自保朱絲絃我今別子行復東扁舟直下隨飛鴻新安江清釣臺矗此時念子心忡忡吁

嗟乎吾儕意氣豈輕擲一腔雖冊雙眼白君看
世路皆悠悠別後頭顱好珍惜

洞庭看梨花東別王淑士

與君期看盤璃花忽漫乘風洞庭去洞庭十萬
梨花村村村村花發當湖曙石公山西龍渚灣毛
公壇下包山寺幽奇秀特天下無臨風絕叫何
由寄生平小別無三月相思絲絲動盈札自從
升沉隔雲泥江波渺渺吳天濶別君三年一見
君簡書催君行復發君不見城東歲暮雨窗西

兩度幽懷不能說白門洵佳麗何如故山好淸遊尚難同泥乃期浮浩知君買山懷遠志笑我干時戀小草他年出處兩莅莅長使靑山看人老

盤螭山訪覺如上人不遇

三年十月盤䃥路石脚紆回矮松樹誰開絕凹香茅宇四壁圍丹門漾素重來春濃山正午湖光欲曙花將暮兩度尋僧僧不遇小憇幽窻覺禪趣庭中殘桃自送迎湖面浮峰無去住君不

見六浮山閣今非主六浮居士居無處欲乞一
單終餘年坐對青山參活句

余買一小丘於鐵山下登陟不數十武而
盡攬湖山之勝尤於看梅爲宜葢踞花之
上千村萬落一望而收之久欲作一小閣
名爲六浮六浮之名遂滿人耳而閣竟不
就友人鄒孟陽見余歎息每欲代爲經營
今日始引孟陽至其地亦復叫絕不能已
余因爲作六浮閣圖兼題一詩冀孟陽無

志此盟時丁巳八月十八月也

十年山閣不得就却負青浮日夜浮故人一見豁雙眼何日三間鎖百憂氷花琪樹亂檻外銀山雪屋排簷頭百年有錢作庛用一朝卜築偕行休君家西湖我震澤往經冬夏來春秋十千到手即可辦非我求君君自謀

虎山踏月行示同游鄒孟陽張魯生

靈巖脚下斜橋路一路横拖山水去秋風秋月幾度來風月關心舊遊處穹窿欲盡湖山開落

日閃閃青煙來虎山橋頭山色闇明月遲我猶
徘徊凭橋東望遮山立明月正向遮山出遮山
遮月不遮光陸離寶氣初離室須臾山尖露半
彎突兀捧出黃金盤四山蒼然一水白玉刻橋
梁銀作欄吁嗟乎張生昔年與汝橋上行虎山
十年月再明同游幾人復誰在鄉月照我空多
情吁嗟乎鄒子子今眞見虎山矣虎山煙月竟
何似當年畫出虎山時橋上之人吾無汝子兮
子兮奈此良夜何磯頭夜深風露多遊人欲歸

殘酒醒試聽中流踏月歌

西湖喜遇譚友夏賦贈

誰言譚郎貌似我執手問人還似無寸心明白已如此區區形似終糢糊我昔知子因子詩曉月殘雪風鳴枝境清音寥意飄忽虎井數篇猶可思吳江楚嶠兩遼闊期子不來空歲月西湖煙水我為鄉豈知此中有譚郎十年相求始相得停車下船各歎息欻然魂魄化為一異者衣裳與巾舄城中兄弟情好偏非我與子神不全

兩山紅葉正相待子詩我畫交無嫌我家震澤梅花裏湖氣花光三十里留子共度梅花時且待春深上湘水

風雨吟

風風雨雨江頭路多少離人從此去欲將別淚寄黃溪昨日黃溪在何處歸帆一挂不可收西泠橋邊人倚樓獨酌孤眠不成夜又教風雨伴儂愁

題畫贈潘子方孺

吾聞泰山五大夫之松干雲礙日摩蒼穹廿年
奔走燕齊道無由扣嶽攀虬龍考之所聞及傳
記此松不復仍秦封松壽千年亦常耳況此神
物閒氣鍾帝王褒崇萬靈護不夭斤斧誰能窮
樹猶如此人則那長生久視安可逢吁嗟乎潘
子與汝同庚吾先汝相看同是知非翁弱冠論
文今老矣當年意氣凌雲霄不貴不去眞可恥
四十九年成一往百年彊半能餘幾儗將末後
見先師莫滂隨流稱蕩子君不見此五松圖意

長楮短可奈何干雲礙日空想像橫柯接葉聯
婆娑吾儕屈折亦如此歲寒自保應無他

送汪君彥同項不損燕游兼呈不損

汪生昨自檇李還忽然向我譚長安自言指日
長安去及此春深花事闌嗟乎汪生何太迂少
年不肯守牀幃因人遠役將何爲我是長安舊
游人三年一度長安春如今怕說長安道送子
忽忽傷心魂長安城中有何好惟有十丈西風
塵人畜糞土相和勻此物由來無世情貴人逢

之亦入唇其味不減天廚珍别有高梁橋下水柳色一灣塵似洗從此沿流向玉泉湖山亦有江南意充君畫本差可耳君不聞京師畫工如布粟閧中吳彬推老宿前年供御不稱旨褫衣受撻眞纍畜此事下賤不可爲君但自娛勿干祿吾友重瞳之孫氣食牛萬金散盡圖千秋一朝掉頭出門去爲我問之何所求君應朝夕進苦口勉之閉門發策勿妄侈交游

江南春　次倪元鎮韵

錦棚簇簇東園筍宿雨初收池面靜柳條欲織
畫簷絲花枝爲寫疎簾影寒食風來山店冷轆
轤聲杳臙脂井山前日暮鳥啣巾繡陌香泥閙
麴塵鶯聲遲花信急裊露穿花羅袖濕常恐春
歸歡不及飛紅盡處千林碧不見花洲舊吳邑
洲上要離塚猶立楊花滿洲生綠萍百年易度
胡營營
天平山頭石如筍松陰落日游人靜射瀆千帆
曳練光背山萬木留寒影響屧廊空屐痕冷館

娃舊事沉宮井鴟夷歸來裹角巾吳臺越榭皆
煙塵春水生春潮急西冷渡頭澎岈濕我欲渡
江潮已及對岈千峰萬峰碧闔閭勾踐空城邑
男兒功名幾時立眼看身世如漂萍驅車策馬
將何營

題葉熙時空香閣

我貽名齋以六香其中空香齋居一香本着物
非從空以空名香非其質曰空無相諸塵生謂
空無香義亦失香塵之體本來空空中諸塵熾

然出葉子構空閣獨愛聞空香豈徒屏除沉水
與檀麝奇茶妙墨皆無當酒亦不能馨花亦不
能芳凡彼有相皆有壞此香乃始名眞常雖然
要有說此義非究竟空香若爲聞爲復有聞性
聞性若不空香塵豈能淨空無駐香體香不與
空緣鼻非往空處空非來鼻邊空香閣中人謂
此然不然

檀園集卷之二 終

檀園集卷之三目錄

五言律詩　凡四十六首

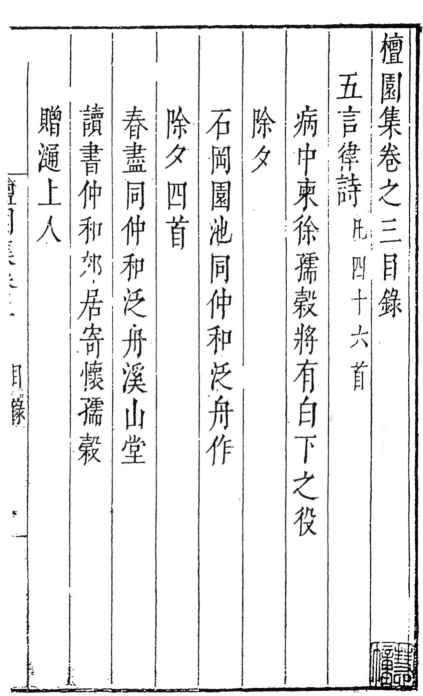

次韻荅西生上人見寄

戲東湯吾狂於靈隱精舍

雨中喜蓮登自朗至

西湖寄沈無回於黃巖二首

靈隱次籟瀍師韻

殘臘

寄胡仁常民部二首

二月五日自虞山還文休遲予於鹿城同

張冲善少謙顧子貽幼疏步屧山間因過

五言排律 凡三首

檀園集卷之三目錄終

檀園集卷之三

五言律詩 凡四十六首

病中柬徐孺穀將有白下之役

疎疎庭欲雨花落閙高梧月氣昬三伏天涼無
一[女巽]病將愁共到人與夢俱徂心怯丹陽道知
君好去無

除夕 癸卯

除夕人猶病挑燈思惘然夢魂驚隔歲雨點夙
新年笑爲小兒劇酒因慈母顛生涯兼世路只

有且隨緣

石岡園池同仲和泛舟作

共道春園好偏宜泛一尊輕陰低竹塢落日駐花源水動魚迎棹人歸鶴候門相看無限意愁殺近黃昏

除夕 甲辰

愁事殊不了如何已歲除千門宵鼓後半榻佛燈初性癖甘從笑交貧或易疎隨緣吾未得世路正躊躇

三十等閒過行藏定若何年華隨樂盡風雨逐
愁多小妹初離閤故人仍抱痾關懷今夕事不
獨歎蹉跎
邨酒不復醉殘燈影漸移家無終歲計人有隔
季期骫髒知難遇浮沉意已衰笑憐兒繞膝黽
勉慰家慈
怨憶去年夜苦吟猶病中但令身健在且莫怨
途窮野蕚今將發清尊幸不空只愁難免俗朋
發又匆匆

春盡同仲和泛舟溪山堂

雨晴春又盡忽忽信舟輕松嶺雲不定柳塘風易生出波雙浴鷗隔竹一啼鷴何意林芳歇幽懷得共傾

讀書仲和郊居寄懷孺穀

相對忽相憶春山不見君飛花何太急啼鳥故成羣癖似嵇生嬾知慙鮑叔勤督季題壁處寥落隔松雲

贈通上人

未識通師面新詩已競傳竹間開卷帙屋外迴
江天山雨一相見風塵意豁然欲隨師卜築瀟
灑共安禪

白門七夕感懷

舊日維舟處懸情獨柳條秋風又京國客思正
江潮長路有時到歡期難再邀裵徊望牛女愁
絕向中宵

贈別洞庭葛實甫

我懷洞庭月欲醉莫釐峯幽意久不愜高人今

作逢新詩正堪把歸櫂阻相從却羨秋山下丹
黃已萬重

九日風雨泛舟石湖

客思逢重九來尋雨外山未能凌絕頂聊共泊
西灣茶磨風煙白薇村木葉斑誰言落帽會不
醉復空還

送龔三仲和就試白下

送子白門去因之感舊遊挂帆江月曉問寺竹
風秋藜杖臺前路紅粧水面樓風流知好在遠

想日悠悠
最愛清涼寺朱門綠樹開晚風齊策蹇落日每
登臺雨外江光白城邊石勢噴通公禪室近還
與共裴回
同病憐羈旅山風想對牀相看愁去住豈敢問
行藏鹵莽吾猶遇飛騰子詎量爐寒郭臺畔貰
酒正相望

清河道中柬同行宋上木

漠漠黃河岸荒荒落日風鄉關鴈影外客路水

聲中吾道只如此心期偶得同寂寥佳節近忍
負菊花蘂

黃河九日寄懷家中兄弟

去年重九日風雨石湖中屈指登高處三年無
一同亦知懷遠道且復信飄蓬阿母秋園裏應
憐萸酒紅

江路寒仍晚重陽候未回遙知新酒熟不待菊
花開郊北秋宜眺村東客好來河流向天際難
覓一登臺

黃河夜泊

眀月黃河夜寒沙似戰場奔流聒地響平野到天荒吳會日以遠燕臺路正長男兒久爲客不辨是他鄉

舟中雜興

辭家兩見月兀兀鬧河邊長路難計日逆流如上天扶攜幸相得宴坐亦脩然始識浮家意伸鉤擬釣船

推篷殘卷後秋爽正相宜飯燥香秔鉢羹匀玉

糝匙飽飡無一事翻憶在家時多少風塵子天涯長苦飢

任城舟中得家報述懷

聞道家鄉水秋來又殺禾正愁生計少其奈薦飢何阿母廚中意賢兄柱下歌天涯一回首不敢畏風波

自笑逢時懶茲行亦偶然爲貧無不可患得敢爭先溝壑吾生事簞瓢可送年寥寥故人意三復贈行篇

游任城南池

塵土經時面南池一豁然城孤朱閣外亭小綠荷前望迥蒹葭水秋高楊柳天猶傳杜陵句幽意至今憐

太白樓

斯人不可作秋望轉蒼蒼濟水東流直梁山北去荒千年同客路一觴即吾鄉尚想登臨處當時號酒狂

荊門舟中見菊偶成

江路重陽月荒城菊未花一枝今始見小摘向
人誇研水添生意鄉心對物華遙憐開爛熳濁
酒過鄰家

清淵逢鄉人南還

君整南歸棹予隨北上船他鄉一相見故里色
依然只覺還家好都忘失意憐平安使傳語早
晚下江天

移舟入荷池同孟陽方回小泛

風池弄小艇偃仰芰荷叢葉與遠山碧花將落

照紅衣裳散香澤僂閣擬虛空漸覺離塵世來
游淨土中

爲楊譏西題斷橋小景

十里西湖意都來在斷橋寒生梅萼小春入柳
絲嬌作見應疑夢重來不待招故人知我否吟
望正蕭條

新安江中有懷玄度伯昭諸子

對酒半輪月隨舟兩岸山碧潭寒見底怪石巧
當灣自覺勝情愜誰言客路艱別歸臨歲晏秪

愴故人顏

西湖小築次韻答子與

不是我頻到安知君病多如君好神氣且莫厭沉痾山潤經時雨樓香四面荷還應思小築稍健即來過

疊前韻重寄子與

嵐氣不出戶南山朝雨多烹茶覷水色持此滌煩痾有客衝林靄維舟傍芰荷隔溪欲相喚或恐是君過

次韻答西生上人見寄

小閣溪風夜至今來夢中近聞添結構坐卧在空濛多病成予懶新詩見予工遙看翠微路幽意若爲通

戲柬湯吾狂于靈隱精舍

靈隱蓮峰下飛泉六月涼相望隔煙雨欲往復彷徨晚霽紅半閣蕉陰綠一牀愁聞湖上鳥終夜叫吾狂 湖上有鳥其聲曰吾狂徹夜不已

雨中喜蓮壑自朗至

朝爽在羣木焚香對南山颯然飛雨至靄爾翠
微閒孤詠無所寄林僧來叩關不知蓮壑裏高
興幾時攀

西湖寄沈無回於黃巖

台蕩古名勝但言心已馳一氈難穩坐雙屐好
相隨去郭閒尚遠出遊知幾時因風須示我妙
畫與新詩
長安携手日去住各踟躕念子胸懷濶如予生
計疎不知山縣裏風物竟何如但願少人事還

能讀我書

靈隱次穎法師韻

往來白雲社坐臥丹楓林齋飯經未罷應門僧屢尋出寺不覺遠向山情轉深前溪正落日去住亦無心

殘臘

殘臘尚幾日新晴暄氣來遙知早梅意欲傷歲朝開十載青芝路千山白雪堆扁舟繫門柳獨往興悠哉

寄胡仁常民部

春明一回首動隔十季期楚水日東下燕雲常北馳夫君美無度畏壘有遺思國士終何報悠悠媿所知

懷抱偶然合何云出處閒雲霄既已遠丘壑豈徒閒海國餘黎在飢年賦額慳回天竟誰力凋瘵一時還

二月五日自虞山還文休遲予於鹿城同張冲善少謙顧子貽幼疏步儫山閒因過

幼疎夜飲限韻得郵字

故人遲我至，一笑玉山原。有酒便須去，忘形豈待言。花疎能照夜，月細已横郵。莫怪常深坐，應非戀一樽。

次日同丈休子崧靜之子貽幼疏集冲善齋中限韻得燈字

書齋梅未落，過雨態猶勝。會以花時數，詩因客興增。濕雲晴不去，春氣酒能淩。醉覺衝泥怯，船窗迴一燈。

夏華甫水亭邂逅甬東朱漢生已載酒重

過與漢生集別

作合此亭中忘機愛野翁無多成水石隨意得

房櫳雨氣先梅到風光隔竹通重來與方洽尊

酒莫匆匆

題半塘陸仲子新居其兄伯子所居鄰比兄弟皆善絃歌

好是幽人宅偏於水木便天然松障子宛在竹

窻前晚照留僧閣茶香到客船壚篪方比舍曲

罷又聞絃

五言排律凡三首

皐亭送張爾完東歸爾完從慧洪師聽講彌陁疏鈔初受五戒

相近不識面相逢恰稱心亦知文筆妙不謂道情深得共蓮花社遠來祇樹林飛泉初雨後落日復松陰幽賞正未已玄言殊可尋別君何草草歸路慎浮沉

寄無際於會稽兼訊張使君宗曉夢中與無際同游賦詩有樓亦生霞思之句因爲續之

故人前月去言訪雲門蹤此地美林壑爲懷況
秋冬碧淙雲外細丹葉霧邊濃樓亦生霞思山
尤愛雪容蘭亭蹟已謝剡曲舟靡從張緒如相
見知予老吏慵

春笋詩

春園風物好二月笋生時愛此錦棚子參他玉
版師嫩休論菜甲滑可比蓴脂酒辣偏相稱茶
清更不疑味存甘苦外質與剛柔宜上番看何
意平安報有期此君貞不俗少具出塵姿

卷終

檀園集卷之四目錄

七言律詩 凡九十首

別鮑谿甫程公亮二子

別汪伯昭

訪慧濾師於皐亭桐漊作

贈城南夏君

雨中喜山僧摘楊梅至

次韻答李九仙山中見寄

次韻酬沈雨若見寄

錫山夜別閑孟子薪彥逸及從子宜之兒

子杭之二首

南歸途中述懷三首

登潤州玉山亭子感懷

元夕虎丘有懷閉孟子薪諸子

南歸後六日偕閉孟子薪家茂初無垢集

魯生園亭梅花下次家茂初韻

雨中泛舟南郊聽江君長絃歌次家茂初韻

寶尊堂看杏花次從子宜之韻

婁塘過楊婁南故居感賦

過積善菴悼雙林長老

壽陳士遠七十

送張宗自之任晉安

次韻招孟陽出郭看梅

海上和孟陽觀伎詩次韻

靈雨詩次公路韻四首

壽金子魚

壽閔明卿

九日泛舟次伯氏韻

贈謝明府生朝

閔伯先過里中曉泊溪頭不肯叩門翌日
以詩見投次韻奉酬

伯先偕徐女揚諸君見過留飲檀園別後
伯先以詩見寄次韻

寄韓孟郁國博

秋日喜子魚孟陽君美仲和過檀園宿留
卽事

伯氏有作次韻再呈諸兄

仲和次韻見投復用韻奉荅二首

檀園集卷之四目錄終

檀園集卷之四

七言律詩 凡九十首

春江寓目

西日欲墜江邨涵淺汀深莎相映藍垂楊滾絮不戀地柔藤落花穩住潭白頭天涯自無主朱顏明鏡誰爲憨思君不來春易老令人腸斷偏江南

除夕 乙巳

壯心咄咄漸成灰前路茫茫轉欲催已斷葷腥

過百日將拋麴蘖只三杯不惡歲向今宵盡且
喜春從昨日回先一日立春聞道西山梅早發故人
期我放怡來與仲和淑士有鄧尉看梅之約

出都門答伯美見慰

勞君爲我費嗟吁不道逢時我自迂每愛偷閒
銷歲月兼因多病惜身軀莫教枉却文章祟只
合償他車馬逋生計漸貧親漸老行藏欲決更
踟躕

東阿道中

騰騰兀兀踐塵行忽似春山為解酲高下故隨人意繞遶迤偏覺馬蹄輕誰教柳色毵毵映不分梨花處處生愛殺轂城山下路風光況復是清明

西湖答家兄茂初見寄

辭家正是薔薇時又見薰風菡萏池憤別自輕千里道愛遊偏與五湖期綠勻隄樹朝煙歇紫入山樓莫揩垂可惱西湖好詩料弟酬兄唱各參差

豐干得孟陽廣陵歸訊兼聞淑士從白下

奉使南還幸爾有作

維揚歸客尺書來白下僊郎千騎回欲話吹簫明月夜還思落木雨花臺新詩點撿尊前出秘簡從容燭下開殘臘過君能幾日關山留滯使人哀

別鮑谿甫程公亮二子

新安山水是吾鄉頭白歸來宅半荒乍見淸溪如故舊每譚黃海欲飛揚未能其蠟登山屐忽

漫思隨下水航臨別媿君情太厚衝寒徒步遠
相將

別汪伯昭

別君長鋏不須彈作客方知行路難舊里豪華
人競爽貧交風味自相歡嚴冬忽已十二月歸
權其如三百灘總爲黃山與君在棹頭時復憶
新安

訪慧法師於皐亭桐塢作

不見皐亭慧法師每勤書札慰相思蹉跎又作

三年別慙媿終無一往時忽憶虎溪成舊社且尋茅屋賦新詩關門短擢衝炎去黃鶴峯頭月上遲

贈城南夏君君善種樹作小景盆盎中蒔密掩暎頗有畫致

每到城南訪隱淪一灣江岍草鱗鱗比隣竹色當門綠傍檻荷香出水新貧向交遊誇好事巧於林壑見天眞看君杯酒飛揚意結客場中少此人

雨中喜山僧摘楊梅至

一望山坳紅紫堆臯亭五月熟楊梅家家火樹垂千顆日日冰盤薦百枚尚擬趁晴看飽去却憐和雨摘將來莫論風味如西磧齒輭還須嚼幾回（余買山西磧其地産楊梅味并遠勝武林諸山所産）

次韻答李九僊山中見寄

從誇日帽與天梳獨享知君且媿予道力未能甘混俗野情終是愛幽居已諳世上悠悠態不學空中咄咄書早晚黃溪營五畝堂連梧竹水

環蕖時九仙欲爲予卜居黃溪村中

次韻酬沈雨若見寄

寥落花閒一草堂喜看舟楫到江鄉春潮送客渾無信寒菊懷人尚有香十五松齋容嘯傲雨若園居有十五松三千塵路費商量時予將北上憑君莫問行藏意世事於今正渺茫

錫山夜別閑孟子薪彥逸及從子宜之見子杭之

十日追隨意未傾一朝言別若爲情秪憐對酒

成高會無那挑燈是送行家累關心難共語功
名垂老不堪評便應撥櫂從東下十畝閒閒尙
可耕

撩亂鄉愁一夕生燭殘酒醒奈深更隔船安穩
歸人夢前路迢遙去客情江月又催征櫂發寒
雞不待寺鍾鳴十年分手梁溪路但覺衰頹負
此行

除夕白門喜比玉携榼至寓舍同子將無
際升父無我守歲伯敬復遣人餉酒 戊午

經秊不見意何如且喜他鄉共歲除久客便應爲地主遠遊隨處即吾廬留人正惜春泥重得酒何愁夜燭虛此際慈幃最蕭瑟不禁歡罷一欷歔

元旦枕上口占 己未

一夜無眠徹曉天不知今日是新年年因底事成添換情亦無端起變遷已是客中重作客何勞緣外彊除緣安心如此能安否愁病公然到枕邊

元日偕子將無際過比玉居停主人費節
卿爲置酒竟日節卿好武時鼓掌說劒比
玉有家藏端硯甚古至是始得觀

客路愁聞節序來老懷還向故人開到門雨氣
如相候入坐春盤不待催頓覺雄心隨說劒且
拌長日送深杯愛君匣裏端溪色叓遣燒燈試
墨回

滁州道中見梅感賦

春回忽忽到新年江北梅花也爛然野店一枝

看欲絕家山千樹見何緣窺窻曾與人留別照水還將雪鬪姸拋却風流逐塵去空教心折馬蹄前

辜負看花又一春百年彊半幾年身未能徇性難違性且復隨人苦畏人昨日明朝江北路千盤萬折隴頭塵如癡如醉還如夢漸覺騰騰欲任眞

旅宿滁州同子將無際步纍至龍潭山憶丙午偕羽明受之來遊已一紀矣

龍潭樹密晚煙勻豐樂亭空野望新舊月經過餘十載重來朋好亦三人勝情老去渾無恙遺跡追思已半湮自是風塵易顦顇形神於此一相親

濠梁道中別子將無際南歸

可憐春光半滯霪青泥汩汩水涔涔途經千里歸猶近病覺三分治未深溪欲去尚看童僕面相畱秖媿故人心驚魂怕問前頭路老馬驅馳已不禁

同心難得復相携不道中途有別時去路愁君
初索莫病軀憐我獨支離當材畜意渾無語上
馬回頭各背馳未免有情那遣此元來不及有
情癡

日日思歸又戀君今朝決意與君分情懷和病
如春雨踪跡無心似嶺雲好去煙霄須自致得
歸麋鹿亦能羣繇來出處元同調俗耳悠悠未
許聞

出門各自抱深情豈爲懷居與敢名我覺途窮

應退步君知道廣卽前程秖如自下來尋舊兼作濠梁遠送行去住隨心無不可莫因去住又心生

春寒花事未蹉跎西磧西溪正好過自有閒人能作伴從教多病不成魔高梁橋外千行柳淨業門前十頃波屈指長安行樂地其如無夢逐君何

歷落嵚崎三十年齊教人笑不教憐一腔熱血猶堪灑半片寒氈也有緣貧賤已知安習相功

名端合讓才賢遠公蓮社還依舊且放心頭得
悄然

南歸途中述懷

綻盡儒冠未肎離從今應草責頭詞摧頽漸少
風雲氣落拓空慙市井兒貧自生來何足怪病
從心起即難醫得休便覺眞休矣豈待功成名
遂時

飢寒未必解相驅衣食天生定有無量腹虀鹽
猶可辦遮形繿縷亦何須還思心累并貧賤却

爲身安長惰愚苦行家風窮活計大都節約是良圖

獨有親恩欲報難人間簪帔亦榮觀尸饔已自長齋慣列鼎何如啜菽安每憶臨分增涕泪應憐歸到得團圞相依只說無生話名利真同糞土看

登潤州玉山亭子感懷

廿年江上玉山亭來往經心似送迎陡覺層欄增爽豁試臨落日尚峥嶸間鷗逐浪仍東下鳴

鴈隨帆故北征自笑勞勞頭半白依然飄泊一書生

元夕虎丘有懷閑孟子薪諸子

隔年殘月虎丘看只記懽悰怨別顏共道翩翩日邊去那知冉冉月中還遙傳急鼓千燈外獨立寒雲片石背此夕此山無此況對君難說此登山

南歸後六日偕閑孟子薪家茂初無垢集

魯生園亭梅花下次家茂初韻

頻年不到此花中喜見花枝壓路通近坐繁香如殢酒當盃落瓣尚禁風朝光已逐輕陰變晚氣遙隨積靄空贏得閒身共歡賞莫將開謝比飄蓬

雨中泛舟南郊聽江君長絃歌次家茂初韻

箜篌箏阮變新聲韻入三絃分外清遣病每思君一曲停盃偏覺我多情纏綿未敢施銀板掩抑還宜合鳳笙彈向船窻亂風雨闇泉驚瀑一

時鳴

賓尊堂看杏花次從子宣之韻

愁病經春未有涯除非對酒并看花疎枝乍見含煙吐獨樹偏憐傍屋斜不共梅妝矜似雪已分桃暈欲成霞婆娑古幹南村下尚擬新晴過陸家南村陸載道家有古杏花時常載酒往看

婁塘過楊婁南故居感賦婁南為先君舊識有崑山巧石倘藏余家今其地已半屬他姓且別構園亭矣

曾侍先人說舊遊湯尋遺蹟到林丘婆娑老樹猶堪蔭淸淺迴塘已不流當日交情留片石誰家新構起飛樓百年興廢尋常事眼底傷心又白頭

過積善庵悼雙林長老

郭外輕陰爽氣多風光穀雨近淸和新林遙指花宮出舊侶曾陪竹院過一路野芳紅似錦幾灣春水碧於羅到門啼鳥渾相識遺墨空房涕欲沱

雨中集侯雍瞻東園

無邊水木此城隈恰稱飛樓四面開雨點到池偏淅瀝煙絲著樹故徘徊泥深畏踏盤盤路酒漲難拋灩灩盃襆被未能辜秉燭且留高興待重來

重至西湖柬孟陽子將諸兄弟

老見湖山尚欲狂舊游重憶使人傷曾穿鷲嶺丹楓路幾醉孤山落月航竹閣書題應漶漫雲棲原草欲荒涼浮家得似誅茅穩春塢桃花典

不悲

西湖寄懷闇孟子薪

鄉書一把一欷歔見說秋風病未除酒錢可仍隨伴去花畦能復課人鋤貧年生事知何在老境交情忍向疎不肎離家來作客少愁少病得如余

久客湖上家兄以詩見寄次韻答之

歸裝欲理又裴徊三月思家只夢回滾滾湖頭人盡去剛剛秋半月將來能拋山色如眉淺忍

放歌聲似玉哀藂桂料應難共把登高猶及菊
花開

集曾生適齋次比玉韻

每愛君家修竹林虛齋終日貯清音殘花欲盡
猶堪鼻嫩草初生正耐尋酒滿底須乘月去絃
長時復應風吟微莎歸路黃昏後亂眼春條雪
半岑

送忍公都試白下

廿季遊處憶長干送子秋風白露溥湖市荷風

初動檠曲阿林月欲隨鞍爭先自信無餘子競爽人誇有二難此日飛鳴知已後功名路窄子心寬

送吳西音之楚

吾衰已分老滄洲念子因人作遠遊吳墅鶯花三月賞楚江煙樹一帆愁高情久欲參雲嶽浪跡何妨逐海鷗聞說買山將卜隱大都不用有心求

送同年陳公虞司理被　召北上

徵書昨日下錢塘仙吏乘春指建章柳色西陵歸騎綠桃花婁水去帆香于公陰德高閒閱仲子昌言著廟廊獨有素心常不改世途炎熱自清涼

送項不損之燕

十年長路客心驚此日春風送子行汶上梨花飛雪盡濟濱楊柳著煙輕逢時豈必因楊意對策還應學賈生一往三年彈指過故人拭眼看飛鳴

壽陳士遠七十

麥風梅雨近端陽喜見晴巘麗草堂榆柳圍窻成翠幔葵榴照眼勝紅㪚同歡荊樹三株老益壽蕭觴九節香鶴髮如霜顏似玉疑君肘後有丹方

送張宗自之任晉安

晉安文物表閩鄉試宰懸知治劇良馬首江郎千丈碧船頭黯澹百灘長床琴半入幽蘭韻家醞新添荔子香他日政成民不擾風流何必數

河陽

次韻招孟陽出郭看梅

門外春風應候來扁舟還擬去尋梅山僧每訝多年別游侶方欣久客回草閣一枝先破萼邨園數樹已生苔余家山雨樓前一樹花開最早又西山梅花幹上皆生綠苔鱗皴可愛此中無此種獨三老園數樹皆然只今步屧堪乘興新醞還期待子開

海上和孟陽觀伎詩次韻

但能取醉莫論文春色闌珊已十分海上楊花

空作雪西陵松栢藹爲雲出船素面如纖月倚檻紅芳學茜裙却恨風流不同賞斬新詩句亦輸君時公路君美家牡丹方開共爲酒社予以滯海上不得與

靈雨詩次公路韻

占魚空復詠無羊其雨朝陽已映牆澤國霑濡行欲盡旻天仁覆故難量纔聞步禱過三帀忽見甘霖帀四鄉一路農歌聞漁唱練祁西望彩虹長

郊原日夕下牛羊簑笠經時不過牆蟻欲出封

應有兆月將離畢可能量誰翻東海鮫龍窟復見西風禾黍鄉共道神明回造化歌功詠德一無長

窮簷久已歎牂羊次第焦枯到荔牆百畝如雲且休矣一牀涼雨可思量滄凄忽借風爲陣雱霈仍教水作鄉秋至江湖催放棹蓼汀葭渚興何長

何時得雨一相羊拄杖看雲自出牆銀竹光中森可數碧荷葉上瀉難量縈簾澹月迷鮫室歆

梳涼風到蝶鄉賴有新詩撐倦眼底須何物引
杯長

壽金子魚 八月四日

午潮新漲月初生雲物高秋望轉清好對庭蘭
開酒醆更穿叢桂鬭棋枰經懷舊事惟供笑入
耳新聞不受驚容我疏狂稱小友行藏亦擬似
吾兄

壽閔晭卿 八月十四日

陵谷滄桑會有期人間涼熱不須疑百年交態

君應見二老風流我亦宜對酒呼盧常咄咄當歌起舞尚僛僛桂黃月白秋如此若更言貪罰百卮

九日泛舟次伯氏韻時方從公路飲歸

有酒相呼定不違休論城闕與郇扉佳人門外初停槳令節風前已授衣寒水荒灣秋澹蕩疎簾新月夜熹微猶嫌未盡登臨興更飲厭厭冐放歸

贈謝明府生朝是日爲九月十九日先一日立冬

蓁蕪塵滿訟庭空秖見公堂祝華封候轉朝
冬已立節過旬日九還重千邨稌黍彌寒望一
路謳歌閒夕春籬菊正黃楓又紫百年初度幾
人逢

壽孫青城山人 山人好蓄古器書畫扁舟往來吳越間

梅疎竹瘦小庭妍擁絮朝陽晞酒眠罍窨茶煙
常出屋乘春花氣漸迎船雌文獸面看如活鳥
跡蟲書蠹欲穿動是商周與秦漢知君壽在上
皇前

四月二日同諸弟過夏華父水亭小飲

四月二日天清和夏家亭子熏風多扁舟出郭興無限三盃草酌顏先酡向夜蛙聲鬧溪竹中池星影牽微波歌殘酒盡人不醉篷底獨眠愁奈何

夏氏水亭次朱漢生韻

池上茅亭似柳洲城南一過一來遊林疑無際陰常合水未生瀾屋巳浮秖許老夫時曳杖敢邀嘉客共維舟別君知有秋期在應到西興舊

渡頭

吳門送徐令公携家白下

南州喜見後人賢文彩風流信有傳相送閶門斜日裏携家淮水亂雲邊推篷梅雨新晴候挂席江風欲曙天若到淸涼臺下寺老僧應解說當年

題人新齋

東門別業在西郊新築高齋對泬寥樹好牆陰常冉冉竹深簷籟日蕭蕭尋花路僻過橋去留

客燈昏帶雨燒共愛幽棲眞率意門前時見有
停橈

朱修能見訪聞予方葺檀園以詩枉訊次
韻答之時修能將至茸上

七年不見喜重過共指生涯素髮多池上新菴
仍署泡堦前舊壑已名蘿（泡菴蘿壑皆在檀園中）長人小
築猶難就對客高吟豈易哦便欲相留同結夏
扁舟峯泖奈君何

送徐克勤試京兆

玉韞珠藏出有期予今行矣復何疑文章價定
無容論富貴時來不厭遲曉月正臨揚子渡晩
風遙愛後湖湝天公也助人行色預遣涼颸掃
赫曦

送人遊南雍

秦淮新月待君過婁水涼風送客多燕子濤聲
秋須洞徹山晴色曉嵯峨詩名入社高珠玉樂
事當筵艷綺羅桂白萸紅期又近巷無飲酒欲
如何

閔伯先過里中晚泊溪頭不肎叩門翌日以詩見投次韻奉酬

柳濃溪漲可維舟人未能幽宅已幽但肎攜尊來見訪何妨秉燭與同遊題門有字君應識見戴無須我亦愁直待來朝方握手不知晚泊若爲留

伯先偕徐女楊諸君見過留飲檀園別後伯先以詩見寄次韻

新知舊好兩相攜來看初遴聽晚鸝池上薰風

先客至林端缺月爲誰稽酒懷爛煬猶輕敵詩
興蕭疎已怯題不醉其如吟思苦因君亦遣白
頭低

寄韓孟郁國博

不見韓兄六七年鬚眉磊落在吾前詩成只用
三义手酒到先浮十滿船擬向崆峒倚長劍却
來國子坐寒氊白門佳麗曾遊否何日緘題寄
一篇

秋日喜子魚孟陽君美仲和過壇園宿畱

即事

長日郊居少送迎喜聞客至啟柴荆百年潦倒諳交態廿里過從見故情涼雨洗塵秋院靜飛蟲遠燭夜堂清休論舊事增惆悵醉起巡廊繞月行

伯氏有作次韻再呈諸兄

床頭甕滿不須賒池上秋涼尚有花數畝正當風檻綠三間新帶月廊斜清言吾輩還多味高挑從來便是家莫怪相邀仍簡略知君愛酒不

嫌茶

仲和次韻見投復用韻奉答兼訂後期

秋入吾廬景物縣一簾新月半欄花風迴水葉
翻翻白雨壓簷枝恰恰斜宅比柴桑多種柳門
通苕霅可浮家客來隨分能供具掃籜煨鐺與

試茶

練祁南下水村縣一路秋風吉貝花到市鍾聲
知寺近過橋柳色逐門斜貧能好事無如我老
解求聞有幾家若肎重來留十月不辭淡飯與

麤茶

用前韻呈諸道友

少壯輕拋歲月賒老來那復戀空華逢場已覺童心盡攬轡其如急景斜不向竿頭思進步何時浪了得歸家趙州底事勤行脚我欲扳他喫椀茶

再次前韻柬孟陽仲和

小庭風月近來賒更築陂陀種雜花日出梧陰搖几淨霜前柚實壓欄斜就書漫學過難字愛

晝終慚對作家老懶惟思閒伴信齋廚自可辦

瓜茶

種花用前韻

爲園數畝未言賒鑿沼疏泉手灌花花欲疎疎仍密密枝須整整復斜斜漸看節序皆芳候不放風光到別家最愛南榮冬日暖蠟梅一樹映山茶

小葺檀園初成伯氏以詩落之次韻言懷

短築牆垣僅及肩多穿澗壑注流泉放將蒼翠

來窻裏收取清泠到枕邊世欲何求休汗漫我眞可貴且周旋一龕尚擬追蓮社不用居山俗巳捐

用前韻呈諸道友

破衲蒲團只一肩飢尋芋栗渴求泉的無長物爲吾累豈有玄機在汝邊興到偶吟同梵唱狂來起舞學胡旋風光似較些些子任意拈來信手捐

再用清字韻呈諸道友

來去溪山似送迎捫崖越壑踐榛荊爲參知識
求心要豈愛幽閒耽道情夜後溪聲連屋動曉
來山氣捲簾淸方知不用從師覓悔作盲人悵
悵行

秋日臥痾西音以詩枉訊次答

秋來懷抱向誰開三徑雖成任草萊短髮欲梳
因病廢新詩一笑爲君回庭空始覺風生樹石
潤偏憐雨上苔遲暮年光悲轉促漸看林葉變
條枚

一丘安穩且徘徊掩耳誰知蟻穴雷已覺蠅隨衰共至何妨間與病俱來難拋舊習惟詩句可壓新愁是酒杯鷗鷺欲親鳩鵲笑行藏遮莫受人猜

再次前韻東西音兼呈孟陽仲和

柴扉寂寞枕江開久擬逃名學老萊白髮經秋看更短衰顏得酒怪能回爲臺欲待生新月掃徑仍教護舊苔老覺耽詩終漫與故人才或似鄒枚

懸車東馬路徘徊倒峽崩崖吼萬雷底事奔波衝險去何如抖擻出塵來籬邊秋老千花片溪上煙寒一酒杯抱甕眞同灌畦叟更無機事可相猜

贈沈公路

高齋夏木愛扶疎閣有懸花沼泛蕖窈窕一丘堪庋賦蕭閒十畝類潘居千秋鳥跡搜奇字四海蟲天播異書聞道厓嬴多壽考已無渣滓凝淸虛

園林風物喜秋晴水檻山廚貯遠濤詩思不因
多病減道心應以得閒生婆娑老桂花將綻指
點高天月漸盈初度更逢佳節近百盃端擬爲
君傾

再贈夏莘甫

幽居非郭亦非村獨木爲橋檻作垣已構虛亭
延夏爽又開曲室納冬暄栽花未長先成徑畏
鶴防飢不出門囊底欲空尊自滿貪能似爾復
何言

送謝明府入　覲

吳江木落月初圓仙吏衝寒到日邊天遠雲端看去鳥春濃花裏望回船垂裳快見龍飛會肯構新瞻鳥革前（明年爲崇禎元年時三殿新成）自媿無能借奏計莫言中野有遺賢

三年淸節照氷霜百里謳吟徹　帝傷治績自應推第一　聖朝不次待循良　御筵初醉宮花側　天語親聞玉殿香可道留恂正辛苦攀車欲別復傍徨

元夕雨邀里中諸君小飲檀園燈下次伯氏韻

花邊樓閣月邊廊異愛繁燈照夜光雨氣無端先客到簷聲應爲和歌長城頭結綺人俱散鄰裏迎神鼓不怯且盡一杯酬令節泥深門外亦何妨

十六日諸君載酒重集寶尊堂次伯氏韻

索笑簷梅日幾巡良辰樂事有月辭頻燈宵自是難兼月酒伴何須更覓人是夕主賓十人皆昨夕所集也時序

百年眞可惜懽娛一瞬已成陳眼看花發多風
雨狠藉春園萬樹銀

檀園集卷之五目錄

五言絕句 凡二十七首

爲宋比玉題畫

題畫二首

宿濮相爲吳伯霖題畫

將别西湖諸君夜雨小飲清暉閣爲方回

畫扇口占

和憨山師菩提入韻

爲陳維立題畫十首

榿園集卷之五目錄

檀園集卷之五

五言絶句 凡二十七首

爲宋比玉題畫

歲暮不可留送子山城下別意如寒泉哀聲咽難寫

題畫

木落秋氣多風高水痕捲人徑疑有無山容自深淺

山色青不已湖光白欲來虛亭正瀟灑一棹撥

煙回

宿法相為吳伯霖題畫

夜半溪閣響不知風雨歇起睇晻靄閒悠然見
微月

將別西湖諸君夜雨小飲清暉閣為方回

畫扇口占

山樓風雨急別意杳無據對酒增淼茫推篷是
何處

和憨山師菩提卷八詠

平野垂四周陡然橫一丘菩提無種子莫向去來求　菩提山

一灣漾清淺千葉競紛敷試問寶池內花開得似無　蓮花灣

纍纍千萬顆顆顆說阿彌何煩更采擷百八手中持　槵子樹

雖無板築功屹然竪可憑茲有真如理故名不壞城　翠城

漚生大海中生滅海漚共是名窣堵波爲有縫

無縫漚生塔

有情有生死生死長憎愛斗水亦區區施以法

無礙放生池

今人不如古像設亦如是若云眞大士去之乃千里

古觀音像

古松如古佛落落自隨緣因何號羅漢翻似小乘禪

羅漢松

爲陳維立題畫

桃花與流水一往隔千春畏向外人道如何重

問津　桃源

乞食未足恥折腰眞可憐若止愛一醉還應戀

秋田　柴桑

醉鄉既可居東皐亦逆旅不能學河汾長當友

河渚　東皐

沉冥竟何意興會亦偶然竹林緬高風繼軌得

此賢　竹溪

郎官名亦好賀監更風流人皆嘗一曲名可得

千秋　鑑湖

吾愛華子岡輞水流日夕如何舍此去傷心賦凝碧　輞川

吾怪元道州山水亦吾之峿臺臨浯溪湧浪良可思　浯溪

樂天作草堂勝絶擬終老出處不自決徒爲泉石道　盧山

繪雪著堂中坡翁署著堂義繪堂著雪中安知非坡意　雪堂

未能無所寄養鶴復栽梅鶴亦太多事高飛候

客來　孤山

和西生上人山居雜咏次韻

一脈同澄湛，分流到各家。竹爐新火活，甌面乳
生花。　引泉

雨過纔移種，風來已滿林。庭空還汎掃，留著貯
清陰。　種竹

到此無俗客，何妨款竹扉。山花能作供，林月送
將歸。　客至

林裏光初出，湖中氣欲來。好隨松影去，且放竹

扉開步月

檀園集卷之五終

檀園集卷之六目錄

七言絕句

無際游句餘將便道叅雲棲走筆述之

爲宋比玉題畫二首

曉發鄒縣

滕縣道中

雲龍山

寶應道中

雨中看梅西磧即事十首

題畫

送汪伯昭游白門伯昭將自京口至棲霞
寺因憶舊游走筆得四絕句

同子將渡江題扇頭小景

徐州雪後題畫贈李生長題

燕中爲李玄問題畫

寄荅吳弢之兼訊沙宛在張泠然二女郎
二首

西湖有長年小許每以小舠載予往來湖

詩紀之

玉岑閒行口占

十月十五夜同印持于將諸兄弟自靈隱

步月至上天竺口占

王與游新廊夜飲題壁

次慧濾師山居詩韻五首

題畫送無際

塘棲道中題畫將寄九仙

爲子將題畫

如銀在冶江上越山翠色欲滴還登瑞石穿紫陽遶雲居則湖光如匹練來撲人眼率爾口占

無題五首

題畫送鄭彥逸之西湖

西湖解后山陰僉不全連日懽飲席上口占四首

甲子元日試筆作畫兼題二絕句示家弟無垢

檀園集卷之六

七言絕句　凡九十八首

無際遊句餘將便道叅雲棲乘筆送之

六和塔前潮水渾西興渡頭山色昏歸來且莫翻天竺一路沿江到梵村

爲宋比玉題畫

盤礴山外太湖明萬頃堆銀五點青我卜新居開小閣松風梅雨愛君聽

君畫蒼蒼帶雨松我圖冉冉出雲峯他時相憶

還開看雲樹平添幾萬重

曉發鄒縣

城邊沙路淨無塵殘月穿林欲趂人似向江南何處見春光曉色一時新

滕縣道中

山欲開雲柳作風杜梨花白小桃紅三年三月官橋路策蹇經過似夢中

雲龍山

雲龍山頭石皚皚遙接孤城戲馬臺春風一嵗

有何恨不見黃河天際來

寶應道中

來時楊柳尚依依歸去青青又滿枝可憐寶應湖中水照見行人來去時

雨中看梅西磧即事

記得橋邊石路迴春風初發小山梅柴門老樹渾如昨落日寒陰客又來

湖畔泥深屐齒稀春蘿寂寂亞山扉人來犬吠梅花下坐久經聲出翠微

虎山橋邊急雨橫虎山橋外春湖平兩度梅花
一宵月毎將清景憶平生
灧灧湖光澹澹山密雲疎雨梅花斑扁舟欲向
花源去遙指人家楊柳灣
山頭白雲自往來山腰白雲團不開共道山腰
雲更白不知却是梅花堆
溪頭一夜雨喧豗添得泉聲萬壑哀花事摧殘
君莫問只如元爲聽泉來
雨打風吹可奈何眼看花事漸蹉跎人今欲去

花還好偏道花時風雨多

邨園門巷逐花低藤蔓桑條咫尺迷花底泉聲

認歸路沿流直到石橋西

屐痕處處穿花入不惜衣沾惜花濕疆欲別花

且遠看虎山橋頭帶雨立

靈巖山下雨綿綿香逕琴臺雲接連忽憶秋山

黃葉路松風水月夢中禪

題畫

定香橋畔青煙路落日故人從此來和墨寄君

山雨後爲儂遥傷冷泉開

送汪伯昭遊白門伯昭將自京口至棲霞

寺因憶舊遊走筆得四絶句

欵段橋邊路欲岐龍潭驛口日將西揮鞭遥指山如繖一路江帆亂馬蹄棲霞寺在攝山又名繖山

紫藤峰下麓公房松户陰陰嶺月涼若到都門宜曉騎姚坊廿里稻花香余嘗居棲霞兩月有蒼麓上人山房最勝

雞籠山閣舊居停曲檻廻廊幾度經最是城陰秋望好覆舟遥接蔣山青覆舟山在雞籠之前

鼓樓岡下路高低處處蘿牆映竹𨺗記得清涼留宿夜香燈貝葉雨窗西丙午余與仲和寓清涼寺仙昭自雞籠策蹇相訪值雨宿留

同子將渡江題扇頭小景

怕向江南渡江北還從江北望江南潤州城外春風滿一點金山水蔚藍

徐州雪後題畫贈李生長題

黃河曲裏又新年指點京華欲到天喜君眉目如春雪忘却彭城是客邊

燕中爲李玄問題畫

著處春風縱馬蹄客心愁見柳如絲芒鞵斗笠
溪橋路記得江南二月時

寄答吳巽之兼訊沙宛在張冷然二女郎

湖頭風雨夜回船細語如絲水拍天不信別來
春又暮花期酒約兩茫然
聞道蕭娘病欲蘇畫船日日傷西湖南屏一路
春陰綠只少當年舊酒徒

西湖有長年小許每以小舠載予往來湖

中臨行乞畫戲題

常在西湖煙水邊愛呼小艇破湖天今朝畫出

西泠路乞與長年作酒錢

自新安江至錢塘舟行絕句

纔過草市溪邊舍復轉岑山月下礲維舟直傍

灘聲宿要使鄉心一夜空

峰迴灘轉石巉巃傍楫隨篙詰曲通正是貪奇

心不定輕舟直下去如風

待邀山色樽前住不放灘聲枕上過看山聽水

推篷坐其奈寒天霜月何

水面奇峰雲作幃波心文石錦成堆篙師下瀨莫容易遲我停橈飽看回

猿虎無聲鳥不棲千峰廻合夜灘低正愁深黑迷前路忽見峰頭月照溪

喜看沙鳥迎人立怕見山猿連臂來聞道三聲催客淚此中客淚不須催

五里潭連七里潭下灘船壓上灘船米灘險急三灣隘飛渡危崖亂石顛

界口東來水勢寬山夷水遠到淳安溪船泊處
鄉音改愁聽敲篷夜雨寒

曉發嚴州七里瀧萬山雲霧一溪風釣臺直上
三千尺何處江潭有釣翁

桐廬山下呂公亭古井猶傳仙酒名若得逡巡
沽一餞不愁帆底凍雲生

薄雲寒日澹山暉連夜東風作雪飛臘意匆匆
歸棹懶富春江上客帆稀

富陽天豁一江明江上青山縱復橫早晚隨潮

下三折六橋寒樹遠含情

任城舟中題畫

過却風波兩月程又拌車馬逐塵行無端試寫秋山看勾引閒心一夕生

燕邸題畫

折盡長安禿馬鞭不知塵外有何天今朝一向春風笑柳色高梁似舊年

湖上題畫次比玉韻

閣雨牽雲湖不流遙憐琴酒在山樓客中亦有

悶愁思但見湖山便不愁

朝看雨脚暮看晴山半昏沉湖半明昨日風光今又變眼中講熟手中生

泛舟湖市爲孟陽題畫

城隅小艇入荷花桑樹陰陰殿角遮一路香風吹到市落星巖上石頭斜

題畫贈人

梧桐樹下見秋還風葉穿籬滿地斑折得黃花杯在手不知世上幾人閒

爲子與題畫

郭外湖山似畫中楓林策策葉將紅亦知病骨
因秋瘦不礙湖山月與風

初宿法相夢與雲棲先師劇譚枕上作一
詩紀之

一到山房夢亦清空林殘月話分明曉鐘未動
窻櫺自聽得風敲椽子聲

玉岑閒行口占

玉岑山脚水潆洄寒日暉暉下稍堆穿過松岡

尋法相滿空黃葉打頭來

十月十五夜同印持子將諸兄弟自靈隱

步月至上天竺口占

冷泉亭畔樹初明百道寒光水面生松月似留人住住溪聲却喚我行行

王與遊新廊夜飲題壁

小築回廊傍桂花玉山燈火暮煙遮巡廊題罷人初醉時有琴聲雜煮茶

次慧法師山居詩韻同怍中上人李九仙

張爾完賦

松栝爲門石作林飛泉百道磴千尋雲中雞犬
無遺響獨有頻伽演法音

溪光嵐翠故相媚細草疎花只自幽上方月出
鍾初動乞食僧歸鳥下投

寒潭捲石一泓深策杖時時試一臨愛聽潺湲
隨水去不知落日在松林

一龕無暑亦無寒樹下溪邊任意安忽捲蘆簾
見山色不知忘却舊疑團

不就塵俗戀煙霞誰道山僧別有家春色十分將八九杏花開盡又桃花

題畫送無際

不到長干巳十年風流遙憶使人憐闌干明月秦淮上夜半歌聲過酒船

塘棲道中題畫將寄九仙

東來步步逆風行蹔借東風半席輕明月見君成一笑兩峰晴色早相迎

爲子將題畫

千重萬疊澗中山山翠林霏空色間怪得燈前
誇潑墨徐村昨日看山還

徐村遇潮

千帆影裏綠光開白玉城摧動地雷故傍淺沙
鞭馬去却驚飛沫濺衣回

小築清暉閣晚眺

林岫生煙水起風湖山一抹隱雷峯吳歌四面
漁燈亂坐到南屏罷晚鍾

同西生上人泛舟兩隄題畫

不向蘇隄即白隄輕舠隨意六橋西秋林欲畫無人愛邀得山僧共品題

茶熟香微冷竹鑪芙蓉的的向人孤誰能蘸筆西湖裏貌出孤山寶石圖

扇頭見林天素詩畫因次其韻

沙邊柳色已知秋多少琳宮在上頭曾向金陵門外望莫愁湖水不勝愁

雨中獨坐翏翏亭看桂花得張子崧書問兼懷孟陽

雖無千樹小山藂愛著繁花水榭東十日花時
連日雨眼看狼藉欲隨風
門外泥深客到稀花開不肎月待晴曦煙籠霧鎖
疑增態況復香風不斷吹
張家亭子玉山隈毬子花開錦作堆試問摧殘
緣底事風吹雨打未爲災
故人萬里不歸家我亦三年不見花帶雨獨看
應有意欲題高興寄天涯

六月十九日雨後風氣蕭爽聞宗曉白山

陰來將訪之吳山下呼兜輿自錢王祠入
清波門下上吳山歷十廟而下遙見江光
如銀在治江上越山翠色欲滴還登瑞石
穿紫陽繞雲居則湖光如匹練來撲人眼

率爾口占

湖白江紅一望閒江山晚翠勝湖山兜輿便作
江湖主買得山頭亦等閒

無題

白隄涼雨打荷花妾未回船郎到家郎醉不如

儂醉劇憐儂濕透絳裙紗

閣上彈琴江上聽松風江月若為情酒闌重向溪橋坐怪鳥驚啼虎欲行

風入溪流月在橋低回難負此良宵樓頭夢醒江聲發喚起開門看夜潮

相期百遍總能過一日愆期可奈何妾自尋郎郎不見段家橋外畫船多

郎意匆匆妾意長贈郎微物亦思量金花梨子能消渴怕道生離不敢將

題畫送鄭彥逸之西湖

湖光只在斷橋頭雨髻煙鬟一望收我是當年舊遊客試憑楊柳說風流

西湖邂逅山陰兪不全連日歡飲席上口占

九年不見此髯公十月西湖九日同待縮九年爲九日君歸何事苦匆匆

輕寒微靄餐花天十里桃隄似錦纏花事未闌君且住酒船今在六橋邊

百年節序喜清明不負花時有幾人雜板新腔歌百遍深梧臘酒飲千巡

千巖萬壑不曾看一水悠悠欲渡難與子相期仍未定不如且盡眼前歡

甲子元日試筆作畫兼題二絕句示家弟無垢是歲予五十將攜家至武林有別業在皋亭桃花塢中山水佳處也

買得桃花一塢深清泉白石久盟心今朝便是知非日一往仙源何處尋

黄村橋頭樹色深遙憐入竹向山心能添草閣山腰裏李徑桃蹊不用尋

爲孫山人題畫

每愛疎林平遠山倪迂筆墨落人間幽人近卜城南住寫出春風水一灣

閶門即事

江上涼風已似秋客中歌吹亦生愁金閶門外冶遊子燈火囘船不自由

題畫

虞山紅樹昔遊時每到秋冬入夢思今日巴城
又同櫂畫中霜氣最先知

題畫送平仲

老去詩腸喚不譍分無麗句壯君行江頭日日
黃梅雨爲寫煙波柳外城

有僧欲禮清凉而未決來索予詩戲書四
絕句

榔槺橫肩衲挂身芒鞵踏遍萬山雲若逢婆子
山前問驀直從來不誤君

聞道邊風最苦寒風頭起處欲行難中臺積雪
深無路處處封門不出看

我昔曾叅老夜臺氷寒鐵瘦石生苔捨身入海
聞還出君到清涼試問來

文殊何必住清涼大地何曾不放光自是凡夫
心執著登山涉水費資糧

送徐陵如朱爾凝北上

黃河木落見征帆莫道風寒去路難一曲琵琶
刀酒辣西山迎馬雪中看

獻歲趨　朝　玉殿開　垂裳親見　聖人來
懷中三策無因獻直待　臨軒對　御裁
相如詞賦自淩雲狗監誰言可致身　聖世只
今無忌諱上書流涕是何人時崔魏二逆尚未有處分
江左才人冀北羣一朝顧盼重風雲知君別欲
傳衣鉢聊借光輝燭我軍
二月風光在柳條高粱流水石欄橋杏園晏罷
春游徧叱撥銀鞍一路驕
隨地流泉萬斛多棘圍春暖墨生波會須力挽

江河勢莫頁 飛龍第一科
臚傳唱徹 九霄清 三殿雲高五色明此日
承 恩多氣象 玉堦先曳錦袍行
毋將齷齪陋前人得意休誇浩蕩春期子功名
上鍾鼎看余丘壑亦天真

題畫似雪嶠師

千峰頂上只通雲一水人家別有邨直到前山
蘭若路清鍾落日不逢君
遠公一別又三年寒雨俄停雪上船尚有當年

餘習在從師參取畫中禪

檀園集卷之七目錄

序凡十六首

檀園集卷之七目錄終

檀園集卷之七

序凡十六首

壽汪母謝太夫人七十序

予有同里閈之友三人曰羽王吳子方孺潘子叔達汪子叔達今字無際叔達於吾黨年最少交最後予既不及登堂拜其尊人而獨習其太夫人之賢蓋予與叔達皆有母尸饔其讀書自喜落拓不屑世故大畧與叔達同而叔達失怙要早太夫人偕其二姬相守十餘年家貧弱子幼女婚

嫁未了朝夕拮据以須叔達之成太夫人之所處有獨難者吾是以知其賢過人遠也雖然太夫人今年七十春秋既高矣而叔達方偃蹇不逢文憎其命將圖所以奉太夫人之歡而不可得郎二三子圖一言為太夫人壽而佐叔達以奉太夫人之歡亦且奈何夫士固唯所自命耳古人學書學劍不成輒棄去其傑然之意有必不可羈靮者今士非科舉之業不足以致身至於父母之所以教子與子之所劾於父母者終

其身以名相籠而不既其實卽至於自失而不悔余嘗以此戒二三子矣余往時以試事至都下與老母別三月老母念子往往成疾及失意而歸欣然秉燭相對恐其復去也嗟乎此亦爲人父母之情矣然則太夫人之所期於叔達豈必如世所爲高等秀才舉人進士者而後爲樂哉吾以爲自今以往之年有可以奉太夫人之歡者則叔達之所圖也蓋余又嘗與二三子約矣天下事尚可爲倘一發不售則盡徙其故業

爲農爲商視其力之所至以奉老母爲通邑大都高山深谷惟其鄉里族人之所不到而休焉使囊有錢廩有粟尊有酒几有肉陸有車馬水有舟船奔走有僕妾如是終其身毀我譽我之言不入於吾耳得意失意之狀不交於吾目可喜可厭可疑可畏可悲可憤之事不亂於吾心當是之時太夫人樂乎請無言其違者先是叔達以失偶爲太夫人憂今復有其室家矣先太夫人生辰三日爲叔達合卺之夕夫叔達且得

與新婦捧觴太夫人之喜可知也

麗麓汪翁偕金孺人六十雙壽序

麗麓翁之商南翔也三十年於茲矣余從二十年前則已識翁藎翁之寓舍與余比鄰而翁子伯昭隨翁讀書里中翁率伯昭拜先子因交於余兄弟當是時伯昭與其師祁門張子覺之偕張子能爲新建之學伯昭暨其叔爾思弟仲升從祖玄度皆師張子翩翩皆總角少年授經之餘歌詩習禮有儒者風余見而愛之時過從伯

昭館中與張子談風清月白夏長燭明麗麓翁輒爲余設酒畱連極歡而罷翁長大拳勇秉懷坦洞亟然諾樂緩急人居市廛而不屑屑爭什一之利以是貲漸落伯昭以文干有司輒不售去遊成均仲升棄書學賈亦往往多折閱翁遂與二弟廢箸居而向所張貸庫里中者竟廢而業鹺又數年鹺之息微而翁累漸重益不支且棄南翔而歸盍二十年間升沉聚散予所目覩於翁者若此翁之行二三兄弟方謀所以祖翁

者而是歲十月翁與孺人偕老先後稱六十初
度矣二三兄弟曰是又不可無一言以為翁及
孺人壽當以屬李子李子曰夫余所為目覩翁
之升沉聚散於二十年間者也余且以祖翁者
而壽翁夫祖以言別壽以志祝別之旨辛而祝
之詞修今且敘今昔感慨之情於稱觴舞綵之
側其謂何哉雖然無傷也人世之升沉聚散憂
喜悲樂此必不能相無者也達生者亦恃其中
之不有而已矣吾固知翁之曠達視之猶一映

也如是即稱之何傷憶比歲余還豊溪禮白岳
訪翁於石硊之里爲淹留彌月朝夕供具皆出
金孺人手久而靡倦真有陶母之風而翁之族
長老予翁雍石硊者余皆習之每歎桑梓之間
俗侈而浮輿前輩廝稱譏不闘徼不可一朝居
而獨石硊敦樸退讓猶有古風余盖低回不能
去云翁故善酒銜杯引滿輒造酣暢家雖中葉
尚有負郭數十畝種秫釀泉可以一醉石硊當
休歙之交土厚水清山茂野曠古城落石之勝

皆在數里內可居可遊聚族而居歲時伏臘子孫遶膝歡笑滿堂可以相樂伯昭之爲人也澹而通坦而密其孝友婣睦常拮据以佐翁之所不及翁可以無後慮余與伯昭交二十年驩如一日每見伯昭如對道民釋子不覺俗念都盡伯昭雖不遇乎使天果老其才而大發之其用於世必有不同者翁尚壯强可以待由此觀之目前之升沉聚散又何足以當翁之一吷哉翁行矣楓丹菊黃巵酒盈綠是翁與孺人燕喜之

日也余雖不得從伯昭兄弟後登堂稱萬年之觴然新安山水夢想見之他年尚欲以青鞋布襪隨翁杖屨於天都黃海之間尋軒轅廣成之蹤談逍遥無爲之業人世修短苦樂眞不足復計也於是二三兄弟觴而祖翁翁爲滿酹而別而余序其言以爲壽

程翁震泉暨配朱孺人七十壽序

新安予故土也予族黨散處休歙間而槐塘之李則與程並著余往時過槐塘與諸程往還習

知其俗其男子皆閉戶讀書或經營四方女子勤績紝女紅里巷寂然無復膏飾而行於道者益風俗之厚如此余每爲故舊道之輒歎息不置槐塘之程在海陽者有震泉翁偕其配朱孺人並享高壽稱古稀矣震泉裔於繆又與予居止相近因得識其嗣冲虛甫冲虛恂恂退讓被服儒者余見而歎曰嘻此槐塘士人之風也已又得朱孺人之生平於冲虛甫及孺人之倩吳君存禮稱孺人之賢孝於尊章順於夫子和協

於上下有雞鳴之勤樛木之仁小星之惠鳲鳩之平有椎髻之樸舉案之恭與夫丸熊之慈斷織之明截髮剉薦之慷慨則余又作而歎曰噫此槐塘女士之風也余嘗觀於天人感應之際葢有渺茫而不可爲據者然而君子則道其常焉耳彼夫勤生而後匱惠吉而逆凶仁壽而暴夭豈非理之斷然而不爽者哉今以孺人之壽考樂康合之孺人之生平孝敬儉勤而因以睹於天人之故其可以爲世勸也已余所稱槐塘

之程自宋迄今數百年繁衍貴盛蟬聯不絕豈非其俗之敦素節讓有以持之也乎今歙之鄉有男侈女遊動以豪貴綺靡相高不旋踵而覆敗在目前者合而觀之其可以爲世戒也已若是則孺人之得天而獲福也有不止於是者其又奚疑焉余既不文而又不能飾世俗之辭以爲孺人壽唯是孺人之子若壻之意不可以已也請爲歌以侑孺人萬年之一觴歌曰陽月兮小春設帨兮茲辰月初生兮令方新菊黃花兮

楓丹林解萸囊兮開樽酒招近屬兮呼比鄰淸醑進兮雜俎陳祝阿母兮且加餐飲此醑兮無後艱顏欲酡兮日將矄今不樂兮復何言又歌曰古城嵯峨兮落石崢嶸岡巒常峙兮溪水常清阿母萬年兮眉壽無傾鼓琴瑟兮吹玉笙躋高堂兮稱兕觥舞婆娑兮綵服輕又歌曰齊雲之谿兮蒲可以俎松蘿之陽兮蕣可以漿采九節兮烹旗槍盞覩聽兮和溫涼阿母服之壽且康陋還丹兮笑休糧

仲嫂沈夫人壽序

是歲二月二十九日爲仲嫂沈夫人六十初度先是里人士列上夫人之節行請於縣大夫將聞之監司直指奏之於　朝縣大夫旌其廬曰貞壽四方之交於從子宜之者咸奮其詞藻揄揚聖善以佐夫人萬年之觴於是湛色然以喜已而懮然以思愀然而語宜之曰汝知而母夫人之得有今日乎當中秘之坳於官夫人抱四歲孤扶櫬數千里而歸拊心搥膺呼天泣血欲

絕者屢矣豈自意有今日乎夫人自稱未亡人以來含蘗茹荼三十餘年內撫藐孤外持門戶皇皇拮据歷朝伊夕又豈易有今日乎汝終鮮兄弟夫人之命懸于一綫三十年中所謂顧汝復汝教誨汝以玉汝於成微夫人得有今日乎夫人歸中秘時適先君家中落食貧者數年中秘驟貴而夭一時公私所費皆取諸債家不能盡償徵索者時時及門夫人與余兄弟縻箸居所分甌脫數十畝而已然廿年以來使汝不卹

有饑寒之憂至於娶婦嫁女奉師傅供賓客施於宗黨不敢告匱微夫人得有今日乎夫人與吾母陳太夫人竝出於崑家世親厚其事太夫人不啻所生而夫人至余家余方髫齓䙡夫人猶母也今日知年愛日之誠固當不後於汝又嘗奉中秘之遺言思一自奮於時以補中秘未竟之業既老而惰甘於無聞以沒身而汝自少能讀父書推排人閒二十許年冉冉踰壯尙不能博一第以慰藉夫人夫人少而操作以佐中

秘肆力於文史竟不沾一命之榮其永蘖之操旦晚當聞於　朝褒崇顯融顧余汝皆賤不能朝蔬夕下猶將有待此余所以捧萬年之觴而色然以喜復愀然以思也雖然余所以觴夫人則更有說於此莊生逍遙齊物之旨大都不以有待者攖其無待夫富貴福澤懸之於天此有待者也名節道義修之於人此無待者也立其人而置其天在豪傑之士猶或難之況於爲女子從人者乎今夫人相夫而貴不以夫顯訓子

而才不以子顯貞操苦節卓然自樹於宇宙之閒此豈猶有所待者耶竊以爲自今日以前其無待者夫人業有立矣自今日以往其有待者則後人之責也夫人曷與焉余鈍惰不才復以病屢罷公車有勸駕者輒援先中秘以自解以謂功名富貴如石火電光不堪把玩不若樗散之得逃斧斤而終天年夫人聞而韙之其智識明達如此吾知其不戚戚於有待也決矣夫人比長齋學佛將從太夫人於燈龕之下晨鐘夜

梵其語無生則夫瀘喜禪悅其樂無量又有出於逍遥齊物之外者矣敢以此爲夫人壽

徐思曠制義序

丙午之秋始識思曠於白門去年在鹿城過思曠寓舍談艮久頗洽知思曠非常人也往時見思曠之文輒心許之願與思曠交者十年于茲矣予於舉業之文無所喜而獨喜思曠有以知思曠之爲此蓋三變焉其始蕭條高寄有冷泉幽石之思旣而爲演漾緜邈則江海之觀而大

林丘山之勝也稍縱矣已乃斂而爲精微妍妙
物色生態經營委至如縮萬里於盈尺而搆變
化於毫端其巧極而工鎔者乎才如思曠固有
天縱顧十年揣摩以至於此思曠之心亦苦矣
然吾聞思曠以此干世人或和或咻何也豈思
曠之爲此與吾所以知思曠者皆謬耶夫世所
爲富貴人之文吾與思曠亦畧見之矣今思曠
之文太工毋乃其實有致窮之具乎予嘗語吾
黨兄第曰吾之所好者未必世之所知也而世

之所知者又非吾之所好吾將奚從如不可求從吾所好而已願思曠無惑焉適在山中花事爛熳彌望如雪從元晦得思曠之文映花而讀之每盡一篇舉一大白輒呌絕不能已又念思曠侘傺不適逢世欲歔欲泣也古人有言勝事空自知予今月之賞且不能使思曠知之思曠之於世復何尤乎走筆報元晦其爲我告思曠以爲何如也已酉花朝前二日書於西磧之六浮闇

從子緇仲庚辛草序

年來多病習懶舊業荒廢每見新貴人行卷甲乙紛紜目眯心眩幾不可了自歎於此道漸遠絕口不敢復談而猶子輩時時以此相商予無以益之而又不能強其所不知者則以所嘗聞先輩之論告之猶子宜之性頗慧獨能知其解其近所爲文且漸抑其少年自喜之習而就於濃予亟稱之然文至於濃而難工也已有意於濃而不能工則反不若鹵莽無顧忌者得以才

力自見於世是故利鈍分焉夫文至於瀍而其中之甘苦疾徐言之甚微非知者不能言而非操之熟者不能至也予蓋知之而不能至者惟其不能至而言之故其言亦有所不能盡吾懼兒輩之執吾言而不能通於言之所未盡則予言適足以誤之也於是刻其近草若干篇以就正於四方之高明者是兒四歲失怙幸漸成立能讀父書每自媿頹惰不能爲率恐以此負亾兄於地下倘其文可教凡吾同志其無靳焉王

長史云吾家門戶所謂素族自可隨流平進不須苟求方今少年標榜成習至餙羔雁自媒于進災木不已固不願兒輩效此也辛亥冬日

鄒方回清暉閣草序

余往來西湖者數年得同調之友六七人鄒方回其一也方回為人文弱可愛坦衷直腸而遇事慨慷樂緩急人殆世之有心者焉客歲孟陽館余於小築予將方回讀書澄懷閣輒移榻就余清暉閣商略藝文旁及歌咏書畫朝暾夕嵐

山水氣變輒命觴相對酣暢而後罷有時載花月港拜石紫陽采蓴湖心結荷池上未嘗不與方回共之余性不喜舉業之文而時時代以書畫方回喜詩畫顧獨時時以舉業之文代之方回之文霞舉玉映望之飄然瑩然每一藝成示余讀未竟輒叫絕不能已如見陶韋詩米家山水余雖不喜舉業而不能不喜方回之文如方回不作詩畫而喜余詩畫蓋兩人之所以自娛而相得者如此既別方回數月人事參商忽焉

改歲山中故人方責以慫紅葉之期而西溪梅信且復見報矣適方回近刻寄至展之什九皆清暉閣上所見也懷往道故不覺娓娓遂書貽方回綴之簡末使讀方回之文者知非獨其文而已也夫余之詩與余之畫皆在焉雖然此可使方回知之而已

徐廷葵燕中草序

余與廷葵稱同籍者十年虞山嵺水相去二百里會晤頗疎丙辰之役同寓顯靈道院比鄰往

還無間朝夕始習廷葵之人與其文廷葵外渾
而中朗其文之清堅沉厚亦如其爲人冬寒夜
長時與廷葵擁鑪篝火相對論文旁及身世之
事刺刺不休或至申旦所居宮中有兩傑閣每
雪後朝曦輒攜酒登眺攬西山之秀色及大內
宮闕之壯麗偶有名酒必相呼對飲不醉無歸
蓋余得廷葵不覺身之在遠而廷葵亦謂比來
幽憂之疾得余始爲豁然遂能日進一斗斯言
不虛也無何兩人俱被放廷葵先出都余棲遲

邸中舊歡都盡每出見新貴人雜沓長安道中輒自念生平好尚迂濶於公車之業不肯細意入夢青山便當終以自保延蔡廿年苦心其人與文淸堅沉厚皆合福德相而作此寂寂人事無定豈復可論乎方今世人眼孔如豆附羶逐臭賢者不免友人方孟旋嘗與余相顧感憤今年孟旋既得雋且盡收氣類中下第者得數十人之文刻之都門而句曲張賓王每下第後輒定爲元魁名家索新貴人文竿牘遍長安紙爲

增價兩人意致相反如此嗟乎余與廷蔡之文欲以何向耶余不能定廷蔡之文迴環再過但覺往時寒風密雪擁罏高飲光景颯沓紙上是不可以無序遂序而歸之丙辰六月立秋日

徐陵如制義序

徐陵如海上異人也文章詞賦走馬擊劍無所不通居恒大言入金門上玉堂東靖遼氛西平黔孽此鬚眉男子指顧間事安能作此寂寂然而骫髒不逢冉冉踰壯始得一薦又以常調見

收陵如意弗屑也猶憶往歲陵如訪余槎上支離顛頷不勝慼憒欲棄家學道遊於方外余止之蕭寺久之氣平而去已試海上不利轉而試嘉定又爲豪家所齮齕自暨陽失意歸余爲置酒相對歎息意不自聊又欲棄書而學劒余慰之曰以子之才何憂不遇功名遲早得失會有命耳讀書談道君子亦盡其所可爲者而已矣今子欲跳而之於世外則不能欲徙業而之他則安往而非命乎陵如領之又三年而遊於庠

五年而舉於京兆雖不能盡酬陵如之才然漸齒遇矣方今時事多艱　國家需才之際此非僅吾向窻帖括于時者所能辨也陵如慷慨丈夫遇事感發鬚髯戟張其志意不可一世又推排人間二十許年未嘗以困頓少自挫辱吾知其用世必有卓然自立而不妄從人者矣陵如之師徐玄扈先生今之所謂經濟偉人也陵如學有本源而又其才氣足以配之久困積學足以鍊而老之吾是以慶陵如之遭而爲之喜而

不寐也若夫陵如之文余老且荒矣夫何足以定之甲子冬日題於檀園劍蜕齋

沈雨若詩草序

去年中秋待月於西湖因流連兩山間至紅葉落而還雨若後余至而先余去在湖上不數日又初病起扶杖躑躅而行然兩高三竺諸名勝無幽不探無奇不咏日得詩數十篇余遊跡所至不能道一字僅題畫走筆數篇而已見雨若之詩畏其多而服其工不敢出而示之雨若乃

欲余序其詩余又何敢哉猶憶與雨若看潮六和塔下酒後並肩輿而行於虎跑山間相與論詩甚洽雨若似以余為知詩者雖然余不知詩而能知詩人之情夫詩人之情憂悲喜樂無異於俗而去俗甚遠何也俗人之於情固未有能及之者也雨若居然羸形兼有傲骨孤懷獨往耿耿向人常若不盡吾知雨若之於情深矣夫詩者無可奈何之物也長言之不足從而咏歌嗟歎之知其所之而不可既也故調御而出之

而音節生焉若導之使言而實制之使不得盡言也非不欲盡不能盡也故曰無可奈何也然則人之於詩而必求其盡者亦非知詩者也余嘗愛昔人鍾情吾輩之語以爲不及情之於忘情似之而非者也必極其情之所之窮而反焉而後可以至於忘則非不及情者能近之而唯鍾情者能近之也由此言之爾若其將有進於詩者乎請以此質之甲寅九日

蔬齋詩序

愚公蔬齋詩凡三刻矣余嘗爲序其二集别二年而愚公之詩復滿篋中出以示予其格益工益能達其所欲言者余曰子之爲此將以爲名乎抑有不得已於是者乎杜子美云語不驚人死不休而白樂天詩成欲使老婢讀之皆能通其意兩人用心不同其於以求工一也然余嘗有疑焉以爲詩之爲道本於性情不得已而咏歌嗟歎以出之非以求踰於人也激而亢之而使人驚抑而平之而使人通豈復有性情乎曰

非然也夫人之性情與人人之性情非有二也人人之所欲達而達之則必通人人之所欲達而不能達者而達之則必驚亦非有二也然則求工於詩者固求達其性情而巳矣詩之傳也久而且多凡爲詩者不求之性情而求諸紙上之詩掇拾餖飣而爲之而詩之亡也久矣愚公有詩之性情者也生於山水之鄉有園廬僕妾舟車琴酒書畫玩好之具可以爲樂而終日袖手而哦其樂之殆似有過于他好者此必以爲

性情之物不得已而出之而非徒求工以爲名高者也其可以語於此乎愚公有所幸姬人好畫能詩愚公自序其集行之夫愚公又能以其所好者喻諸其人斯亦性情之效也已

沈巨仲詩草序 巨仲今字彥深

今年夏與巨仲同舟至吳門往返者數日舟中無事朝夕相對當杯展卷各盡所懷蓋與巨仲交十年來未嘗有此樂也會巨仲刻其懷閣詩草而屬余序之余見巨仲詩亦已十年于茲矣

巨仲十年于詩何憂詩之不工哉雖然詩非能爲工之爲工也能爲工而不必工之爲工也今巨仲之詩具在令與世之詞人矜多而競靡侶未足也若夫興會所寄一往而深擊節扣舷摩娑自得則巨仲已有餘矣今天下人風雅而家騷壇吾不以巨仲易之也余往時情癡好爲情語有無題詩數十篇嘗自命曰儂本恨人終爲情死至取二語刻爲印記佩之無何而自笑其癡今遂如昨夢不復省矣豈余之道力進耶亦

世故耗之也巨仲浮沉十餘年風情不減讀其詩春風穆然使寒芽欲茁嗟乎何巨仲之多情也夫情者數變之物也巨仲之情十年而不變巨仲之天全矣余與巨仲交媲不能盡巨仲乃今始知之爵人有言以眞率少許勝人多許巨仲之詩如其人哉如其人哉甲寅重九後二日

謝剛府人　覲詩序

天子皇極懋建元辰聿新太歲行次於執徐寶曆初頒於太素迨夫開雲瑞節上日吉晨六服

畢臻四海來假蘧車鹵至互聽蒼璧之鳴除鄭
履鑾鏘共矚香貂之拜袞曰惟課歲詔彼稽功
於是百里之侯九州之伯計會道里奔走京師
水陸三千想燕吳之契濶寒暄九十閱往來於
冬春次第選舟後先赴　闕若夫教成而士習
其化政善而民詠其休戶憶幨褰人思轎擁還
切輿人之祝去邀才子之詩如明府謝父母者
葢龔黃再蒞於東朝召杜復生於南國者矣明
府德精降祉河宿垂芘迹亞機雲文參屈宋攀

安提萬家傳正始之音匹粲似雄學擅羲皇之
譜是以鬱爲時棟先此人英凝掩紫芝於　天
庭俄拂黃絁於海甸朗情徹性仍兼治賦之才
智刃神機豈擇撥煩之任明鏡弗疲於屢照惠
風無憚於頻噓手可移晴心能造福佩犢帶牛
有禁桑枝麥穗成歌織罕嚬眉商無裹足卧惟
單席膳滅雙雞嘉績遂徹於皇扃　膚獎欲通
於巖夢叟屬殷同之會因爲報政之行然而士
戀君師民依父母爭塗忘遠輕齎千里之糧贍

漢何高遥僭二天之庇重以霜芬積嶺氷路在江野水隨痕清音滿棹長謳極睇青緹借紅蕖俱寒結臭凝唇綠字與彩霞同撥忍閣離前之筆空舍別後之毫正雅等古舌無煙舊心有血質奇荃蕙文麗虹霓而明府蔭以白月之輝勗以丹霄之價是用封緘骨髓剪拭羽翰預思玄度之清風競賦子荊之零雨棊雕龍已倦藏豹非堅賤實無求貧唯可賀茹芝餐菊并不閑九穀之書履笋簪蒲幸不失四民之令蒙呼隱士

甘作外臣庶幾冠冕巢由詎敢弟兄元愷迺從
未客輒枉奇交稱榻獨懸詡沝每坐裁蟲書於
紵扇捐鶴奉於嬰居襲眷凝歡不止感一言之
意氣連情奮藻每欲托千載之風期至于子媿
琳琅姪慚蘭樹亦辱非倫之賞偏承似叔之褒
恩等兼金報無累璧縱復濁醪華饌詎換離心
大句狂言曷勝別緒且結楊溝之送如逢上洛
之迎所悵者淮檣不留吳關漸邈蜀雁倘緘北
訊閩魚莫寄南吁梛篋題箋未許彤騶之出

禁松根署　詔遥憐花綬之縈墀蓂月屢圓占
星弗驗願以且千之頌聊紓借一之忱詩不宣
彔敘以廣意云爾

白嶽遊紀序

友人徐聲遠詩云向平五嶽無一字其名亦自垂千秋予每讀而壯之舉以爲遊者勸及遇山水佳處嗒然無言有知之而不能以告人者又自恨才不逮情則聊舉聲遠之言以自解乃今讀閑孟白嶽遊記而予殆有不能解者焉夫人

之情與才固有兼之如閑孟者閑孟與余談不能勝予而予所不能言者閑孟之筆皆足以發之其才眞有過我者矣往時與閑孟泊眞州風濤際天噴薄萬里予低回留江口不去而閑孟頣欲入城一觀其土風民俗之盛盍閑孟之不能忘情於世如此故其爲紀遊之語不盡得之於山水而遇事輒發縱横古今其磈礧騷屑之意亦可以想見矣予嘗再遊武林無一語紀其勝白岳吾故土先人墳墓在焉冉冉踰壯而不

得一往閑孟乃能先之又其所著説若此予甚妬且媿焉雖然吾聞黃山三十六峰揷青天而垂曠野其勝在白岳之上閑孟遊齊雲而不能兼有黃山又至武林出没於靈隱天竺之間而不得一叅雲棲此皆閑孟未了公案閑孟倘有意乎予請執筆而從閑孟之後矣乙巳竹醉日

閒家具序

往時友谷老人駐錫槎上余屢得叅承㞓師開示拳拳引爲忘言之契亾何師去而之淛上又

去而之長水道風漸邈每用慨然壬子余北上師自長水操舟來訖予提誨之言至今在耳令年春聞師示疾作書問訊方訂握手之期而師巳化矣壬子一晤遂成永訣悲夫師化後數月其徒某某等及檀越麟水沈氏兩居士奉師遺骨塔於雲棲而以師生平所著述示予予得拜而讀之曰閒家具者師所自署也師於世間文字未嘗屑意乃衝口而出妙義熾然集中談禪談教談淨土皆直下洞宗非世之影響勦説者

其於詩歌偈頌本地風光逗漏不少至於警策開悟之語雜之從上祖師語錄中不復可辨此豈可以文字相求之而顧以爲閒家具也哉師意度宏遠居恒韜晦外若悶然泛然而扣之小大立應此亦其一斑巳余與師周旋三載茫無所得如遊江海莫測其淺深夫紙上之言又惡足以盡師所謂與其人俱往矣悲夫此師之所自署曰閒家具也夫

侯氏世略序

家譜之立蓋以敎厚也遡其所生之自雖千百世而上杳渺惚恍而水源木本了然可知下而至於疏屬子姓親盡服絕而要之於所生則皆爲一體如是卽欲不厚不可得也譜之壞起於俗之貴貴而尚文夫欲顯其宗以有聞於世此亦仁人孝子之用心也而其流乃至於僭華冑以爲重又重而文之以矯誣世之耳目而宗法亂矣今之爲譜者蓋日不貴不必譜也不文不能譜也傳者不必信而信者不必傳不知其文

之而適以壞之也故譜者一家之書而非行世之書也世其職者取其足以記姓氏行第而已焉用文之吾讀侯氏世略而因之有感也吾邑僻在海濱其土瘠頑無山林陂澤之勝其人往往椎魯少文以務本力穡世其家其爲士者讀書好古不嫺於干時之學以故科第之目獨遜於他邑以我所見仕宦而至三世者鮮矣夫固其風氣之薄而富貴者所爲大都能舉其先世之澤而斲而喪之以此望久長得乎侯氏之先

有隨南渡至蓼者逆知胡運當昌戒其子孫力耕勿仕其高節遠識固卓然爲古人之所難而要其所以貽之子孫者亦已厚矣今其耳孫之爲此譜也以爲富貴不足恃而欲託之於文以傳亦猶其祖之遺意乎雖然知輕富貴矣而不能無意於文夫文者名實之間不可以不慎者也侯氏之先世高節遠識至今令人追而慕之此其人豈無文采足以表見於後世而併其姓名不傳此非譜之失也有譜之而不得者也身

與名俱隱矣而焉用文之也哉夫當時之榮與
沒世之稱其得失固未易較也是以達者兩去
之吾觀於侯氏家世自農而賈自賈而儒固將
大顯其宗舉其先世所醖釀者而發之不獨文
之而已也所謂富貴者殆將逼焉則其子孫何
以處之亦無失其厚者而已矣

檀園集卷之七 終

檀園集卷之八目錄

記凡九首

疏凡六首

檀園集卷之八目錄終

記凡九首

留蘅閣記

是歲余客崑山張子崧家所居海日樓三楹與子崧共之四旁居人雜沓笑語甚譁子崧意常不愜思得蕭寥無人之境卜築下帷其間而未能也會予以病東歸三月復過子崧則子崧已構高閣於東城之隅軒窻闌楯翼然一新爽塏溫涼備有其致隣多喬木美蔭閣跨其上盡撫

而得之交柯接葉晻映几案其陰則遠眺玉山紅樓翠嶂突兀於萬瓦鱗次之上朝曦夕曛薄陰殘雪其變態可挹也張子曰予以所居湫囂不足以留賢者閣成將與子從容嘯咏其中而歲且暮矣子尚能爲十日留乎請遂以留蘅名閣予曰有是哉張子之意則厚矣顧予何足以當之今歲方大祲道莩相望萬突不煙張子之爲是舉也毋乃有非時之譏是故張子之所不敢居也予何德而居張子之所不敢居者無

已請遂成張子之名可乎吾聞張子先後相師友如予所識瞿星卿顧朗仲王弱生平仲其人皆賢者也而予之來獨與茲閣會夫予之名固無能爲茲閣重也而張子留賢之名則可以不朽矣箸人謂齊雲落星之高井幹麗譙之華而止於貯妓女藏歌舞爲有道者之所不取若茲閣者得與緇衣杖杜之意並傳之於無窮使千秋萬世而下皆知有好賢如張子者不亦休哉雖然張子之名美矣請進而求之於實則予與

張子共有責焉夫謂之賢者未有無益於世而以浮沉取容而已也今世之好賢者或浮慕其名而不急其實泯泯然於身心之際將有過不加聞而有善不加進則雖有賢者日與之俱而不能效其尺寸之益彼賢者終不肯爲無益之留也則有掉臂而去之耳今張子天性愷悌坦衷直腸使人人得盡言於前而無所忌故雖以予之不敏而時得効其狂瞽焉今且別矣願受以三言益張子曰齋以奉天巽以合倫斷以制

慫張子倘能用予之言而推之以鞭其所及而廣求益焉挾爲善之資而加勤之以學問使賢者日益親而不肖者無所參於其閒則予之爲張子留豈有旣哉作留薌閣記

劒蛻齋記

劒蛻志夢也往余暱孺穀小史荃之情好方洽忽夢荃之過予褱中瑟瑟若有物出之一蛇蛻也其長盈丈捉而投於予榻余懼拔劒擬之覺而占之曰蛻者化也劒者割也彼且爲幻化而

吾以慧鍔剖之余與荃之之好其不終矣因顏其齋曰蚓蛻以識之兼題東坡二語於壁曰事過始堪笑夢中今了無然余之曬荃之也愈甚衆皆笑之弗顧也亾何而荃之以瘵死孺穀亦暴亾一慟而悟夢始驗矣始孺穀以八分書齋額歲久蠹壞今年小葺齋屋爲重書之而叙其事以爲記嗟乎所謂荃之者十年以來已不復入吾夢矣當時綢繆繾綣所爲求致其情而不得者自今思之余亦自笑其癡而況於人乎方

余之夢也固已知其爲夢也知其爲夢而不悟必至於死死而始悟余之劒亦不利矣雖然豈無之死而不悟者乎夫今夢昨夢皆夢也余其悟而不復夢斯可以說夢也已余故記之以自儆并以告世之尋夢者

虎丘重修浮圖天王殿記

虎丘僧正元住持山中值浮圖天王殿先後告圮元慨然任之募材鳩工五年而功竣屬余爲之記余曰上人之功偉哉夫浮圖天王殿兩者

虎丘之表也虎丘高不二十仞由閶闔門邐迤而西騁望天末有矗然秀出於青林碧尾之上者則浮圖爲之表入山門裵回於生公講臺層樓複殿瞻矚未已而有翼然晻映於高柯修磴之間者則天王殿爲之表二表隳則丘之觀撤矣今一朝而二廢舉上人之功偉哉於是元感然曰余何敢爲功余求免於咎而已余之爲此舉也夫亦鑒前之覆轍而凜凜於因果錯謬之戒一錢之入不敢不注於籍也二人之施不敢

不登於石也然而謗言狎至余唯是不克終事是懼而敢自爲功乎余曰思深哉上人之不伐已夫因果之說佛氏之精者也然精而求之其灼然而不昧者葢寡今之剃染出家秉佛之教者缾鉢粥飦皆非其出於已者也而欲私之以爲有偶舉一事焉又獵檀信之貲而乾沒耗散之此所謂裨販如來罪之大者也若上人者其知免夫嗟乎凡今之任事者苟求免於咎而不妄爲功則天下之事其亦可爲也已矣元之言

又曰浮圖高而易墮大約三十年一修天王殿五十年一修記之使往者有所鑒來者知所勸噫是不可無記也已是役也始於萬曆四十六年戊午成於天啓二年壬戌爲材之費若干埏埴之費若干丹堊工匠之費若干捐貲首倡及以文字爲濾施者爲廷尉毛公侍御凌公王公余友徐君仲容陳君古白五年乙丑元夕前三日記

遊虎丘小記

虎丘中秋遊者尤盛士女傾城而往笙歌笑語塡山沸林終夜不絕遂使丘壑化爲酒場穢雜可恨予初十日到郡連夜遊虎丘月色甚美遊人尚稀風亭月榭間以紅粉笙歌一兩隊點綴亦復不惡然終不若山空人靜獨往會心嘗秋夜與弱生坐釣月磯昏黑無往來時聞風鐸及佛燈隱現林杪而已又今年春中與無際舍姪偕訪仲和於此夜半月出無人相與趺坐石臺不復飲酒亦不復談以靜意對之覺悠然欲與

清景俱往也生平過虎丘纔兩度見虎丘本色耳友人徐聲遠詩云獨有歲寒好偏宜夜半遊眞知言哉

遊石湖小記

予往時三到石湖遊皆絕勝乙亥與方孺冒兩著屐登山巓亭子貰酒對飲狂歌絕叫見者爭目攝之去年與孟陽弱生公虞壽梅到此徧歷治平僧舍已登郊臺至上方絕頂風日清美人意頗適九月復來登高以雨不果登放舟湖中

見煙檣雨楫雜沓而來舉酒對之亦足樂也是日秋爽伯美舍弟輩俱有勝情由薇村至上方復從郊臺荼磨取徑而下路傍時有野花幽香童子采擷盈把落日泊舟湖心待月出方命酒孟陽魯生繼至方舟露坐劇飲至夜半而還蓋十年無此樂矣

遊虎山橋小記

是夜至虎山月初出攜榼坐橋上小飲湖山寥廓風露浩然眞異境也居人亦有來遊者三五

成隊或在山椒或依水湄從月中相望錯落晻映歌呼笑語都疑人外予數過此愛其閒曠知與月夕為宜今始得果此緣因憶閒孟子薪無際彥逸皆貪遊好奇此行竟不得共閒孟以病輟子薪彥逸俱東無際雖倦遊意猶飛動以逐絆鞅鞅而去尤可念也清緣難得此會當與諸君共惜之

遊玉山小記

二十五日抵京口飯後步銀山小憩玉山亭子

遥見伯美自山麓施施而來遣童呼之亭下皆絕壁瞰江有巨石獨立江渚上夷而下罅涉而登可坐數人丁酉春留滯京口暇即來此或攤書獨坐竟日或與家兄輩載酒劇飲值驚風怒濤澎湃震蕩水激其下坎窾鏜鞳如東坡之所謂石鐘者江豚亂起帆檣絕迹飛流濺沫時落酒醆中亦一時快事也癸卯偕孺穀過白下登亭子小飲丙午復偕仲和至此皆值秋漲石沒水中每懷昔遊爲之憮然不意今日得還舊觀

與伯美盤礴石上不能去適有漁舟過絕壁下遂呼之汎至金山登紫霞樓坐眺久之而還

遊焦山小記

二十七日雨初霽與伯美約爲焦山之遊孟陽魯生適自瓜洲來會亟呼小艇共載到山訪湛公於松寥山房不遇步至山後觀海門二石還登焦先嶺尋郭山人故居小憩山椒亭子與孟陽指點舊遊孟陽因誦湛公詩風篁一山滿潮水兩江多相與賞其標格尋繇小徑至別山雲

聲二菴徑路曲折竹樹交翳闃然非復人境有僧號見無與之談亦楚楚不俗相與啜茶而別尋瘞鶴銘於斷崖亂石間摩挲久之還飯於湛公房孟陽魯生遂留宿山中予以舟將渡江勢不可留怏怏而去孟陽魯生與山僧送余江邊徙倚柳下舟行相望良久而滅落日注射江山變幻頃刻萬狀與伯美拍舷叫絕不已因思焦山之勝閒曠深秀兼有諸美焦先嶺上一樹一石皆可徬徨追賞其風濤雲物盪胸極目之觀

又當別論且其地時有高人道流如湛公之徒可與談禪賦詩逍遙物外觀其所居結構精雅庖湢位置都不乏致竹色映人江光入牖是何欲界有此淨居孟陽云吾嘗信宿茲山每於夕陽登嶺眺望落景尚爛於西浦望舒已升于東溆琥珀琉璃和合成界熠燿恍惚不可名狀嗟乎苟有奇懷聞此語已那免飛動予自丁酉來遊未皇窮討人事參商忽忽數年始一續至又以羈紲俗緣卒卒便去如傳舍然不知此行定

復何急良可浩歎自今以往日月不居一誤難再賦歸之後縱心獨往尚於茲山不能無情當擇春秋佳日買小艇襆被宿松寥閣上十日夕以償夙負滔滔江水實聞此言

遊西山小記

出西直門過高梁橋可十餘里至元君祠折而北有平堤十里夾道皆古柳參差掩映澄湖百頃一望瀰然西山匌匒與波光上下遠見功德古刹及玉泉亭榭朱門碧瓦青林翠嶂互相綴

發湖中菰蒲零亂鷗鷺翩翻如在江南畫圖中予信宿金山及碧雲香山是日跨蹇而歸由青龍橋縱轡堤上晚風正清湖煙乍起嵐潤如滴柳嬌欲狂顧而樂之殆不能去先是約孟旋子將同遊皆不至予慨然獨行子將挾西湖為已有眼界則高矣顧穩踞七香城中傲予此行何也書寄孟陽諸兄之在西湖者一笑

疏凡六首

募造真聖堂石橋疏

自嘉定城南達南翔二十餘里爲橋而跨於橫瀝者七曰古墅溝橋曰留光寺橋曰許家橋曰石岡門橋曰姚浜橋曰馬陸橋曰眞聖堂橋橋惟馬陸以石餘皆以木而姚浜之易木而石則林上人募成之不數年耳墅溝石岡皆欲石之而不果惑於形家言也橫瀝通南北舟船往來橋不得不高高而木易圯不三年而修不十年而易不如石之永利也然而民不可與慮始又有說以惑之功是以難也馬陸居道里之中自

邑而之馬陸十里而五橋自馬陸而之南翔十里而獨聖堂一橋故聖堂之橋尤急其往來於橋者尤多則橋之圮尤易其易木以石也尤不可以已余嘗舟而過於橋下見行者搖搖焉震於厥乘飄風甚雨則東西隔絕而不敢渡輒仰而歎曰顧安得姚浜林上人者起而倡之乎無何有緇衣而踵門者曰吾將尋林上人之功乞子爲之疏余曰子毋易言之也千金之費非易辦之緣也萬夫之工非易集之事也林上人父

子相繼祝髮出家以從事於勸募而幸有成功子能發此勇猛心乎曰吾業已棄家而壞服矣則又問之曰林上人父子拮据十年中間沿門請乞之勞躬親畚築之苦與夫銖積寸纍早作夜息寒暑無間之勤渠子能辦此堅固心乎曰吾已矢之神明死生以之不再計矣余合掌而作曰有是哉以此聚緣何緣不集以此辦事何事不成余不云乎聖堂之橋急於姚浜則子之功易於林上人也決矣夫人之營福田利益也

如建祠宇崇經像種種諸緣皆不急於百姓而以爲能植後生之福故汲汲焉破慳囊而爲之橋梁以通往來便行旅一境之所急其利在目前而福田善果又植之於無窮子倡之而人有不樂趨者乎子弟持吾言而告之遂書之以爲疏

重建五方賢聖殿疏

五方賢聖者不知其爲何神吳越之間廟而祀之者所在皆是而尤著於吾吳之楞伽山山去

郡十里禱祀無虛日相傳以爲石湖一片水爲神所據舟行不敢遺穢濁湖中犯之者禍立至吳中祀神皆設聖母五侯五夫人位潔粢盛陳歌樂婆娑累日夕其讚神之詞敍置始末甚詳甚異不知何所本大要巫者傳會之耳以五月十八日爲神之誕辰其期輒盛儀從鼓樂以迎神謂之賽會而獨吾槎里爲尤盛里中往時富賈輻輳競爲珍異結束以相詫耀今且日就凋敝而此風猶相沿不絕每會出旌旗隊仗輿服

歌吹費以千計四方觀者舟車闐隘親朋高會酒食宴樂之費復以千計每歲節而省之可以爲一境備荒之儲而愚民不可以慮遠乎又不敢以不尊不信之言而戶說之徒有歎息而已古者謂先成民而後致力於神夫事神之禮固不可廢也要以無民而神何依則夫竭民以事神神亦何利焉且民之所以敬事神而不敢違也夫固謂神之聰明正直有靈於人者也今有疾痛冤抑而不得控於君上官長者則號呼鬼

神而求其應此以神爲何如者乎及其所以媚神而事之以非禮者乃卽以其欺君上官長者施之豈今之爲神者亦皆攬權勢作威福喜諂佞而不恤下民之私不凜上帝之鑒者乎則吾不得而知之也巳去年廣濟胡侯來宰吾邑期月而政清鋤豪剔姧鄉閭懾息故事賽神主事者先期醵金旣具而後舉事至是懼以淫祀靡民財干賢令君之神明相戒不敢動顧金業以醵亾何乃謀新神之祠宇而以不足者告之十

方靳其成之度其費止百金而可省千金之費興作在一時而可圖數十年安靜之利所謂彼善於此者也主事者來乞疏於予予告之曰方今賢侯在上有鄴令投巫之明故能回一國之狂醒而使之敦本節儉豈徒人哉神亦聽之矣夫神道之禍淫福善固常在遠近之間不可以不畏也吾聞昔之賽神者科斂若干乾沒若干今之新祠宇者科斂若干乾沒若干蓋有之矣吾且知之而況於神乎以為無神則已以為有

神是媚神而干神之怒以自求禍也不如其已也請以此言質主事者并質之大衆

重修香雪菴疏

香雪居在彈山之麓西蜀中懷法師隱處也余往歲過山中從顧山人問香雪披松覔境經丘歷壑已而茶煙起於樹間經聲達於籬外頹垣矮屋僅可容膝蒲團鐘磬略約麄具而軒窻几席居然絕塵是日恨不遇師然已想見高致矣又明年余家居去山二百里師之高足忽過余

而告曰香雪居且圯矣將新之若何余曰是宜新矣余數年前讀書彈山不聞有香雪之名是不數年耳而圯易圯哉雖然其圯之易也新之是不難矣環彈山三十里皆梅花時瀰山照野腰輿而行憑高而矚如在兜羅綿世界中香雪所由名也如是何可無居況高人道流之居哉如是居何可無新諸檀越莫作功德想但爲湖山點綴它日以看花到山中者遊屐既倦小憩柴扉松戶之間與師淸言啜茗亦一韻事也余

往時買山西磧下將搆閣以居名之曰六浮未成輒棄去故余有登盤蝸訪覺如上人詩曰六浮山閣今非主六浮居士居無處欲乞一單終餘年坐對青山參活句今又將從香雪居中僧一單矣山中貧洲居士開修道人皆余友也試以此語之

白鶴寺募建三元殿疏

白鶴寺創建三元祠寺僧持疏來請余謂之曰三元道教也以佛子奉祠何居僧曰吾聞之三

元蓋觀音大士化身也余曰此不經之言也不可以惑智者無已則有說焉夫佛所爲眞常妙淨之理不可以戶而說之也得其所爲因果報應者使蚩蚩之民有所利而爲善懼而不爲惡如是而已可矣是故鬼神之事儒者常言之至佛氏而其理始著惟其因果報應之毫不可誣也三元注人死生禍福其道要於癉惡章善而已固佛事之外護而名教之功臣也祠之誰曰不宜三元之跡最顯於雲臺山千里之外重繭

而至以瓣香告虔者絡繹不絕其人素有穢行或齋戒不謹往往神卽殛之自暴其過於衆中衆無不驚指相戒如七月間事甚異今之議建祠者亦從衆意也雖然更有說焉夫今之建祠白鶴者皆歲禱雲臺者也建祠之後將舍白鶴而之雲臺乎舍白鶴而之雲臺非建祠意也則將舍雲臺而就白鶴夫舍雲臺而就白鶴何也果以神無不之乎抑憚雲臺之靈爽而偕以爲寬假地乎夫偕以爲寬假地則祠與不祠何異

焉必曰神無不之也其在白鶴猶其在雲臺也三元之威神實震疊於厥心則廟貌香火亦皆其跡也庶其去惡從善以毋怠七月之事三元其祐之哉寺僧曰善遂書之以告大衆

僧可上人結菴徑山緣起

不見雪嶠師五年矣僧可上人忽自雙徑持師書問至捧之欣然上人余邑產也出家六年而始得從師於雙徑師令叅無字話遂欲結菴相傍依師終身其志有足嘉者雪師嘗謂余言必

時偶有所疑出家參訪無所遇每疑情一發寢食俱廢一日忽然有得大笑失足墮崖下遂損其鼻後住雙髻峰有詩云青山個個伸頭看看我菴中吃苦茶其風致如此上人還見雪師麼不然結菴且是第二義諸檀越還見上人麼不然且與結菴去他日菴成居士要來菴中同吃苦茶也

陳忠菴募緣疏

夏日臥痾檀園有扣門者云自雲棲來亟披衣

迎之則一老宿也貌龐古而儀質雅望而知為
雲棲法派矣乃與之語土音也恠而扣之知為
鄉之人而叅學於雲棲者也曰今何居則已去
雲棲而居於眞如之里矣曰已去雲棲而何以
來曰余所居之菴舊名陳忠湫隘不能致香火
余將有所營也乞居士一言以告之十方余曰
有是哉師不稱雲棲則已師稱雲棲則固已知
雲棲之教令矣昝先師之舉事也未嘗以方寸
之牘聞於四方且平日戒其徒無以雲棲之名

募凜然若以爲非義而不可干然而金石土木之工不歷而集俄而爲崇臺俄而爲複閣俄而爲虛堂俄而爲曲室俄而爲貝葉珠函莊嚴相好人力不勞而日新富有何也此豈非先師之德感神歟今師將具先師之德則募無庸也將守先師之戒則募又不可也又何以余之言爲曰固也余不他適而適子以子固雲棲之弟子也夫能以雲棲之教令先師之遺意牘而告於四方不賢於募乎若世之募者余固已知之矣

上人名廣洪募建大士閣暨關聖帝君殿次第
修舉視其力焉

檀園集卷之九目錄

檀園集卷之九目錄終

檀園集卷之九

行狀 凡一首

許母陸孺人行狀

中書君許元祐之塟其母陸孺人也病不勝喪且懼一旦溘然不克身襄大事力疾營窀穸四方之會塟者麇至中書君哭泣拜稽一勉於禮病遂不起嗚呼中書君其無媿於古之死孝者矣中書君且死惓惓爲其母孺人不朽計手次孺人之生平屬其諸子將乞銘於當世之文章

鉅公而其子文學君某某等踵而告余乞爲之狀曰此先君之志也余旣自少習中書君而從子宜之與中書君故親串往還甚密孺人之賢在耳目間者且數十年其言雖不文而庶可以徵也孺人陸氏崑山之北新瀆人父應鴻母顧孺人生而婉淑嫻於姆訓父母絕愛憐之將笄歸於許爲郡幕公貳室郡幕公元配沈孺人生子自學而夭於是郡幕 公年且艾矣沈孺人重以繼嗣爲念爲 公擇良家子爲貳得孺人沈孺人

祭孺人賢而能其家喜可知也無何生中書君
沈孺人則愈喜抱而子之日以卵翼乳哺爲事
而捐管籥以授孺人孺人身親拮据早作夜息
出納啓閉代沈孺人之成而不敢專葢沈孺人
怠其有家而孺人怠其有子巳中書君稍長就
外傅延名經師訓督之沈孺人憐中書君嫗煦
不忍傷而孺人獨以嚴濟之爲簡其出入稽其
倦勤所以策勵之者備至嘗曰玉不琢不成器
孺子其樂寬而憚嚴矣吾憚其佚也庶以吾之

嚴成夫人之寬畀日者且得藉此以報夫人乎人於是服孺人之深識遠慮爲不可及已中書君學成遊成均試京兆聲譽鵲起所交遊皆當世名士屨常滿戶外孺人闚而觀之心竊自喜漿酒脯饱爲供具不倦人以爲有陶母之風焉先是郡幕公偕沈孺人以心計起家而孺人復以攻苦約嗇佐之自是業日起以貲雄里中而郡幕公顧獨好行其德嘗急其弟之困撫其遺孤子女至沒身不衰邑有大繇輒挺身任之函

年平穀價以糴又爲粥以餔餓者而槥死者其宗黨居恒待以舉火者若而家當是時郡邑大夫爭高郡幕公之義以爲弦高卜式復生列上其狀賜爵一等復以恩例授官而中書君官京朝亦以親老馳傳歸而拜慶緑衣象服焜耀里閭人皆榮之中書雖以貲爲郎雅非意所屑獨好奇文異書手自讎較懸之國門暇則闢圃通池樹藝花竹水廊山榭窈窕幽靚不減輞川平泉而又製爲歌曲傳奇令小隊習之竹肉之音

時與山水映發其諸郎君則翩翩競爽躭書下帷足不窺戶登其堂歌鐘饌玉履舄交錯豪華之氣熏然灼人如遊金張之庭而披其帷則圖書盈架丹鉛雜陳哦諷之聲不絕於耳又如入董夏之室自郡幕公起家至中書君不再世而衣冠文物蔚爲令族無問素封卽奕葉冑貴之家或不逮焉掞厥所自則兩孺人內助之功居多已焦太史表沈孺人以爲富家之吉在順正位交相愛旨哉言乎蓋沈孺人終其身娣姒視

孺人而孺人亦終其身毋事沈孺人上不嫌偪
下不虞妬左縈右拂以宜其家和氣致祥許氏
之典實繇於此若夫繩繩蟄蟄詩書禮義之澤
方來未艾則發祥尤在孺人矣中書君之言曰
自吾母歸先君子兩週歲而稱母又十八歲而
稱王母數年以來曾行又滿前矣他人處此或
稍自發舒乃孺人之事沈太孺人也益謹未嘗
敢以德色見也沈太孺人春秋高喜怒稍過當
家人或有後言孺人亟拄其口且爲反覆曉諭

令心折而後已沈太孺人間聞之徵其狀則謬其旨以對不實告以傷其心沈太孺人病且亟孺人手調湯藥與子婦諸孫侍立臥榻跬步不移歿而哭之一慟幾絕拊自昌背曰爾尚有母而吾母安在乎旦暮澡滌絭韝上飲食恪謹如生前思沈太孺人所嗜得輒跽進之嗚呼世之事嫡有死生不忘其共如孺人者乎孺人治家嚴而又能推誠接物人人得其歡婢僕輩自少至老未嘗一逢其怒子婦諸孫晨朝起居孺人

必裝飾端坐以待服御無鮮華所衣疏繒或數
澣不易每飯粗糲輒甘之曰此吾家故物也蓋
安貞簡素其天性然已昔者中書君之圖不朽
沈孺人也乞傳於屠儀部朱太史隱君王先生
殁而乞狀於陳徵君乞銘於董學士乞表於焦
太史貞珉琬琰將與女宗高行傳之無窮矣迨
孺人殁而中書君適病篤其所次第孺人之生
平以爲不足以盡聖善之萬一而又不克躬自
造請於大人先生之門以此賚志而殁吁可悲

也已惟是立言君子哀中書君之志而賜之銘豈惟許氏子孫世世嘉賴之余亦得藉手以報中書君於地下與有榮施矣孺人生於嘉靖戊午五月十八日歿於天啓癸亥四月十三日享年六十有六中書君以某年月日啓郡幕公之藏合葬焉子一即中書君諱自昌娶諸氏贈壐丞諸公壽賢所撫其弟上舍舜臣公女女一適文學徐公應時子永思孫男七人元溥邑庠生娶郡守王公臨亨女元恭太學生娶奉常王公

世懋子藩幕公士騋女元禮庠生娶孝廉王公
騰程女元方邑庠生娶憲副顧公自植女元毅
娶別駕胡公寧臣女元超聘大叅徐公鏌子文
學君浤女孫女二一適藩幕公陸允中子世鈁
一未字曾孫男六人定泰聘封儀部劉公雋子
文學君錫壽女定升聘孝廉朱公日爔女俱元
溥出定國聘邑令陳公允堅子文學君禮錫女
定祚未聘俱元禮出定震元方出定豫元毅出
俱未聘曾孫女五元溥出者三元恭出者一元

禮出者一俱未字

墓誌凡一首

明高士沈愚公墓誌銘

嗚呼此吾友錢塘高士沈愚公之墓也愚公諱
太洽愚公其字晚而欲逃名乃更名逸友人嚴
忍公字之曰不異今稱愚公從其著者也愚公
家世吳興始祖天一公者以避揚寇徙杭四傳
而至夢仙翁以奇方起死人得賜爵子明山先
生有文不達抑鬱而死其嗣玉田公遂棄儒而

修夢仙翁之術仲子銀江公是生愚公愚公生
而岐嶷六歲就外傅十五試童子科輙占高等
十六遘銀江公之變家日落讀書不能療貧常
慷慨不自得會玉田公子文學君夭愚公當後
玉田公沈氏之業儒者自明山先生而下皆不
達而無年而夢仙翁以醫起家世之者並享素
封或以爲儒之效不逮醫勸愚公徙業焉愚公
從之遂復修玉田公之術亾何術大售戶外屨
滿脂車而迎者無虛日然愚公意不屑也跳而

之山水間以詩歌琴酒自娛其別業之在湖曲者曰蔬齋在灤華山中者曰萬竹廬在清平之麓者曰梅花屋灤華山梅花環二十里愚公居恒愛之置壙梅花泉畔期與花同死生因自號梅癡又置讀書舫於西湖清夜盪槳湖中焚香誦經或花時月夕攜樽嘯咏達曙不倦所跨蹇曰蒼雪山童曰秋清攜笻自隨烏巾鹿裘望之若神仙如是往來相羊於兩堤南北山之間者三十年性樂易與人無迕得錢即買古書畫尊

彝奇玩不治生產或施貧乏之旋亦忘之樂善愛
才津津常不去口足不越三吳而四方賢豪之
至者無不與交嘗學淨土於雲棲先師學止觀
於百八雲萊翁有出世之想生平所流連詩酒
花月聲色玩好之具亦僅寓意而已愚公病瘵
五年余嘗三至湖上愚公猶力疾載酒與余徘
徊堤上至月午而罷今年過愚公病已殆詣榻
前握手言笑如常出所畫小像屬題琅然讀之
中有漏字摘以示余其神簡不亂如此易簀前

一日呼其子文學君佺與煑新茗燒筍而食曰黃鸝已至乎櫻桃已綻乎已而奮然欲起曰不能至山中遠閣會須一登耳遠閣愚公所搆以眺望者也噫亦暇矣愚公有所幸姬人常侍左右彌留之際輒麾之不使前曰吾身已外矣安能復作嗚嗚兒女態耶臨終念佛拱手向西而逝嗚呼人以愚公學道爲名高耳觀於生死之際其何如者哉愚公生平多貴遊凡藩司牧伯之在杭者慕愛其人或適館授粲以下交愚公

愚公泛然應之亦不爲屈也嘗辭中丞甘公及
大學士沈公之辟而於沈公往復尤苦人皆高
之其自贊曰醉鄉禪苑於焉憩止利藪名塲褎
如克耳噫可想其風致已西湖自孤山處士而
後傳隱逸者指不易屈而余所習乃有兩人其
一爲邵虎菴先生其一則愚公虎菴先生居呼
猿洞口跨溪爲閣讀書其中不入城市者四十
餘年荆扉晝扃叩輙不應或遭罵而去愚公翺
翔人中居處服御皆同於俗和光劅采不設町

畦而脩然自得常在勢利之外余以爲虎菴先生隱而貞者也愚公隱而通者也兩人皆無媿高士云愚公生於萬曆癸酉三月十三日卒於天啓甲子二月二十三日享年五十有二元配王繼張子一郎文學君俟張孺人出娶太學顧公仲遠女孫男一孝通文學君嘗從余受業篤行有文能爲沈氏收儒效者也愚公所著蔬齋詩集先後若干卷淸乘二卷生生直指八卷居山瀍一卷行於世余嘗兩序愚公詩又爲贊其

像題其旌茲隧道之石復以屬余余雖不文而
愚公永訣之言不敢忘也銘曰
儒而窮醫而通玄無功以禪終愚爲宗異乃同
介而容高可風山列墉水環宮花繚空蜺其中
保厥封

像贊 凡五首

俞不全像贊

道人耶劍客耶滑稽之雄而文章之伯耶吾管
覯子美哉少年別子九年于思連蜷子貌雄特

稱此虬髯高巖大澤深林鬱然暈眉目之雲霞生領領之風煙豈獨三毛之加是亦阿堵之間噫嘻不全神巳傳矣余將乞而藏焉出而相對飲食笑言又何必渡錢塘扣禹穴而覓子于若耶之濱雲門之巔乎

張魯生像贊

泛然悶然似無所取頹然嗒然似無所趣比久與之處而始知其趣郁然其興悠然殆將取於衆之所棄而趣於衆之所靡猗嗟斯人斯吾黨

之所謂不讀書而有翰墨氣不學道而有煙霞氣終日相對無所發明而彌覺其有味者耶

汪杲叔像贊

以偃蹇不可一世者存於胸而以傴僂不敢輕一物者爲其容吾常苦其執禮之太恭而人以爲使酒罵坐者此翁噫嘻夫旣不與俗同兮何不放之寂寞無人之墟撫泉石而呼松風如披此圖人景相得其樂融融此眞杲叔之所從也而豈爲是栖栖于先生大人之前角技雕蟲者

哉

張子薪像贊

其骨清而堅其氣弱而恬其神悴而全夫是以貧而賢病而妍夫能外子之身與家而觀之而貧與病復何有焉此非子之禪歟

自題小像

此何人斯哉以爲山澤之儀煙霞之侶胡栖栖於此世其胸懷浩浩落落廼若遠而若邇兮其友哉知之而不免見嗤於妻子嗟咨兮旣不能

為冥冥之飛兮夫奚惟乎藪澤之視矣

檀園集卷之九終

檀園集卷之十目錄

祭文　凡十一首

祭鄭閑孟文

祭沈無回文

祭張子薪文

祭朱九仞文

樝園集卷之十目錄終

祭文 凡十一首

祭鄭彥遠文

嗚呼彥遠竟至是耶彥遠與吾相從隔歲耳而奄忽之間遂成千古耶自彥遠學於吾不三月而病病不數月而竟以不起今距彥遠之歿又已踰月矣何人世之促也嗚呼痛哉西隱竺林之間松風槐雨夜鐘晨唄與彥遠悠然相對如昨日也而今可得乎始吾未識彥遠而已與仲

子閑孟相習猶憶。往歲過仲子宿留五鼓酒醒
聞書聲琅然。詠而問之。知為彥遠而仲子為余
言。彥遠讀書達旦。以為常迨。彥遠從吾遊。已不
勝羸矣。予每謂仲子勸彥遠讀書。無過苦也。而
察彥遠之用心。固有獨異於人者。自共事三月
以來。而彥遠之為文。逸。才俊氣。益無日不新。吾
方期以大就而詎至是耶。悲夫彥遠孝友溫良
出於天。性而聞善。孳孳常若不及其家之。上下
及與彥遠相識者。無不稱為善人。彥遠之歿。而

知與不知。皆爲歎息。蓋庶幾無閒言者焉夫。彥遠卽不幸早夭乎。亦何負於頫仰哉。然而彥遠方少年信道而未篤。其於情愛之際。固有未能釋然者夫。生死人所不免也。而又不能相代爲彥遠之父兄妻子者。計無復之。則其痛亦可以少衰矣。噫吾惡知夫彥遠之不痛而無復之也。吾年未三十而入世。死生之感。嘗之殆盡十年之閒。哭吾兄。哭吾妹。哭我良友。又哭我父。當其哀之所至。且蘄死。而不得不自意。其復悍然以生悲夫。吾惡知彥遠之蘄生。不如吾之蘄死乎嚋昔之。夜夢彥遠與吾促膝。而語。顏甚澤而多笑。似甚樂者而忘其死也。噫吾惡知彥遠之不樂而忘其死乎。吾賦性迂拙疎。而多誤無能爲人師。而仲子過信予彊。以彥遠相託。彥遠又過信予。而事之。如其師吾是以不獨悲彥遠又自媿也。吾於西方之學不能行。而稍知其大意。每欲以此進彥遠而相與之。日淺又不意。奄忽至此不得盡吐其中。之所懷而今已矣。彥遠易簀前一日予爲書慰問還報無恙翌日而訃至欲一執手永訣而不可得噫吾悲已無益而愧又無能及矣而徒以其無聊之辭解彥遠與其父兄妻子之痛噫吾惡知彥遠之不復過信予也

祭張素君文

嗚呼素君之殁空堂素幃十年於茲而今始得歸窀穸嗚呼素君何待耶素君不能待其遺孤之成立男不及婚女不及字而區區待其嫂與同穴煢然二穉誰恐復奪其恃嗚呼痛哉天乎

抑素君亦有意乎否也自吾失素君以來風流
日遠奇情勝境不得與素君共其賞清言妙義
不得與素君共其玄人情世路崎嶇犖确可悲
可憤可歌可泣千容萬態不得與素君共其感
慨嗚呼素君何往乎猶憶與素君讀書山寺寒
夜擁鑪相對高詠劉玄德語曰日月如梭老將
至矣功業不遂遂相顧欷歔袁九齡聞而訶之
曰二君方年少何得便爾無何素君死素君死
又十年而吾頭顱如故中間哀樂之所纏疾病

之所摧疲形耗神辜向日飛揚踔厲之氣忽已化爲寒冰死灰葢吾眞老矣嗚呼素君死者無可奈何後死者若此其相負何如也自素君歿後數見於夢相與談笑如平生又知素君鬼也往往談死後事而今已矣不復夢矣素君之神其舍我而去耶抑吾其衰也素君歿後相與自文饒弱生輩而外吾又得境內外之友數人又得同里開之友曰潘子吳子汪子而吾素君獨何往乎嗚呼素君已矣百歲之後歸於其居素

君與嫂同穴之願畢矣吾鈍惰不才不能撫素君之家使嫂朝夕鬱紆以死男不及婚女不及字今塟素君者素君之父母也嗚呼痛哉吾負吾友夫復何言

祭張君睍文

不肖兄弟從髫齔時識君睍君睍蓋與先君遊予覩君睍少年翩翩容止甚都又工爲文翕然有聲於時先君數稱之爲不肖等勸不肖等望而儀之以爲軼才儁人唯恐其不得當也又數

年而不肖等始得以藝文之役進而交於君睨時家茂材已成進士早去世而君睨猶浮沈諸生閒每見數相咨歎自是交日益親相過從日益密朝花之春夕月之秋清言十酒餅罄未已繼以燭盡當是時不得君睨無以爲樂君睨乃叟折行輩稱兄弟相約爲婚姻而執子弟之禮於先君蓋張李之交四世於茲未有如君睨於不肖兄弟之厚也而君睨今死矣嗚呼哀哉君睨少年負才名意不可一世謂當旦夕脫穎而

老於青衿七上京兆而不得一遇故以秀才高等廩學宮者二十年行貢之天子升於國學而不能待以死死噫何厄也士生而不見用於時則退而休於野以求其所以樂生而盡年君旣有田有廬有子岐嶷而慧其可以樂生者甚具每憶君旣郊居風物愛其綠疇當戶修竹映檻或新醞正冽舉網得鮮抱兒膝上稱詩說史客至怡然相對忘返君旣卽不遇可以樂死而不得盡年以死死又以惡疾悲夫孔子所謂斯人之

亾不得已而歸之於命者豈不然哉豈不然哉
雖然君旣數年以來相纏於病苦之中痛痒廹
於肌膚而寒熱并於方寸其於人世已無聊生
矣而察其骯髒之意不衰吾固知君旣於去來
之際有灑然者也嗚呼君旣平日談傾四座飲
敵數人見事風生捉筆雲湧今安在哉將亦與
君旣俱往耶吾不能爲怛化而悲吾之無與樂
此生也哀哉尚饗

祭徐孺穀文

人命朝露皆人所歎傷哉孺穀奄忽歸幻冬中
授手言笑晏晏春歸哭君空堂不見眞聊夢耶
魂搖目眩況我及君情好如貫歲在攝提於君
斯館出同舟航人共筆研月涼之夕花明之旦
星沉漏盡酒闌客倦留髡密坐觴酌雜亂有懷
如山有舌如漢或歌或泣我後子先時惟鄭生
實同婉孌頹然相對氣何傲岸陋彼世氛神王
弗善衆目攝之胥讒睊睊我思古人胡惡鄉原
悠悠之口匪戒伊勸子安予言亦不謂謾予嘗

語子百年彊半富貴何期日月不延縱心而行
無干世患嗟哉孺穀竟夭天年夭乎人乎胡遽
而然自我去子中常懸懸懸言不勤武繼以歲
祭子之情若嘎若咽予竊惟子其神不全世短
意多殆不免焉嗟哉孺穀豈忍斯言命實爲之
我以誰究所可歎悼交情中斷俛仰十年風流
雲散蹇予闊疏于世多憚觴詠之會賴子一粲
豈無他人非子不慣嗚呼哀哉彈山之麓朝煙
夕嵐偕子翱翔玄賞是躭時與興會遇酒輒酣

張子和之相顧而三歲月幾何死亡相兼人生
忽忽誰其獨淹於呼哀哉富不如貧貴不如賤
死何如生予今亦驗生既不樂死復何戀生平
之歡將子無遠盡此一觴泉壤永判哀哉尚饗

祭鄭母吳須兩孺人文

嗚呼某之獲交於閑孟二十年矣凡世人之所
謂相親厚者吾兩人無不有而其所相期要有
出於親厚之外非世人之所得而知也彥遠嘗
師事某不幸而天彥逸之視某也復在師友之

間兩家兄弟歲時過從驩然如一家憂悲愉喜無不共之閑孟之逮養吳夫人也甚早然其兄弟相攜數十年怡怡于于未嘗見有失恃之色吾嘗歎息以為閑孟兄弟之能事須夫人也不獨彰後母之賢而益以慰吳太夫人於地下所以相成者蓋甚遠焉吳太夫人之歿已二十餘年而未葬閑孟蓋將有所待以大顯榮其親顧以閑孟之才尚浮沉未與時會迫須夫人歿而閑孟之心愈蕭日吾且不能待矣悲夫閑孟固

灑落丈夫其於義命之際有確然不可奪者乃徘徊與閑孟其事每見其於摧頹失意之頃輒彌惘不自持或廢書而起中夜而歎察閑孟之用心豈猶夫世之情炎鬭進者而已哉其有隱痛而不能自已也昔人有言孝子之心有待五鼎駟馬而不至者悲夫閑孟之不能釋然固也若是則兩夫人將亦有不能釋然於冥冥之中者乎夫君子之事其親也修其身明其道盡其所可爲者以無忝所生爾矣其所不可知者天也

令吾與閑孟所爲相勉勵者亦盡其所可爲以期不負太夫人之教而不敢爲世俗之孝而已也其可乎始與閑孟交方少年相矜意氣既弛自喜十年以來相與發愆懺過以求斂其虛氣而之於道者靡敢不盡也頃且與閑孟叅雲棲受五戒將圖如釋氏之所爲大報恩者焉夫名聞利養凡可以致之於親者固亦孝子之心而恐非冥冥之所期也閑孟之報太夫人者或不出於此吾知太夫人之靈從此其可以大慰矣

尚饗

祭聞子與文

萬曆四十六年歲次戊午後四月十有五日癸酉歸西道人聞子與示寂於家越三月而其家以俗禮塟之雲棲之陽是爲七月日其同參友人東吳李某爲文以誄之曰嗚呼維我先師闡揚淨土攝此羣根如盲使覩衆生根劣躭逐諸苦搖并止渴終亦無補維子挺異夙植勝因篤生仁里與善識親早聞此事觧行日新厭苦趨

樂適反其眞死生大矣擾擾萬端四大解散八苦交攢誰能似子泰然輕安端坐合掌去如脫屣子生　卌年病居强半早歲喪偶遂絕婚宦天實爲之使解其絆棲遲俗中非子本願予有至性依依二人偕其弟昆于焉昏晨身雖在家以道相熏緇牀經卷脩然出塵嘗發弘誓屢求薙除往歲之春剪髮而徂二人持之復反其廬見我不懌語多歎吁沉痾纏綿遂以不起予語賢兄吾命實爾每念出家或作或止病亦因之

熄念而從示寂之前自知時至乃諭賢兄復中此誓延師祝髮就榻受具嗚呼壯哉人固有志覩子之貌衣若不勝當其敢決如劍發鉶一往不回物莫之攖道邁是肩軀命可輕嗚呼惜哉推此干城予之賦情遇物而深景風浩浩慮子不禁卒有資糧此欣厭心豈如世人若浮若沉方子病棘再駭而蘇未路難持恐子或渝七日之功羣魔克俘巍巍堂堂示我坦途吉夢先兆異香騰間靈瑞熾然見聞則符予守本衆無貳

無虞瞪目向西豈有見乎嗟余與子相知十年我往子來子憶吾憐南山之下水月林煙與子朝夕邈不可攀卯辰之歲兩度就子扶疾送予再至棲水落日蒼黃風雨不已子唱我酬令遂已矣嗚呼有生誰獨無情有情無生我夢子醒去年別子我涕欲零期我重來春煖花明我行後期子已遐征嗚呼歸西遲我不能子遺我書歲久成帙我開篋笥見子手澤警策之語刺我胸臆比歲以來龍蛇交厄淵岳傾逝高賢遁跡

子復棄我失此三益朋我悼子自詒伊戚子如良馬見影疾馳哀此蹇駑鞭策爲疲子如冥鴻戾天高飛笑彼蚩蚩藪澤是窺雲棲之陽山椒鬱蒼子有遺言夲子歸藏先師在焉鐘鼓喤喤安子之蛻亦子樂邦我陳生平送子攸行哀不及文以銘不忘

祭孫翁文

嗚呼維翁子季友而倩伯昭是兩君者蓋能以道義相砥去世俗之浮華而相安於澹泊之遭

其交於吾輩匪夕伊朝俯仰三十年心期黯黯雖間阻而非遥其相與于無與而相爲于無爲淡焉如酌水而薰焉如飲醪殆非世之以酒肉招邀者也庶無愧于古人之久要余嘗適翁之里一再侍翁見其貌癯而骨堅意簡而神遠脩然如古松之臨磵壑野鶴之在雲霄意其可以長生度世碧落逍遥胡未躋乎上壽而遽有道山之遨嗚呼余少聞父老之言每歎桑梓之厚而厭吳俗之澆蹉跎暮年始得一歸掃先人之

丘壠尋豐溪之舊郊因以攬其山川風俗而援
里中之所謂賢豪雕盤饌玉鼓鍾伐磬士嬉女
遊貧諂富驕訐所聞之不然何斯世之滔滔此
遊於翁子婿之間如登赫胥之廬而攀葛天之
巢殘書半牀濁醑一瓢采瓠葉而爲羹然松枝
以代膏僅九秋之蕭森騁四望於林皐低回留
之其樂陶陶此余所以感舊里之繁華而想風
味於貧交也睠焉仁里老成云彫漸典刑之悠
邈傷古道之寥寥跽陳詞以遠將寄薄奠於溪

毛庶九泉之來歆慰千里之牢騷尚饗

祭鄭閑孟文

嗚呼閑孟隔日之別遂成千秋疾候至此知其彌留我惑醫言猶冀子瘳是日過子暑退火流庶與病宜謂予無憂視子日睛神明尚遒翌日而逝曾不我謀於乎哀哉此何時乎不及送子賴子勝因爰値開士爲予津梁無迷所指生平之誼予則愧矣方予病困慮有今日數爲子言時勿可失去子房幃托處蕭寂言偕淨侶與子

朝夕見子躊躇不忍子逆奄忽至此悔予不力
嗚呼哀哉自我交子垂三十年哀樂所同類卯
歷然耿耿于懷有辭莫宣丁酉之役偕子白門
高談邸中聽者舌捫輕舟横江風浪拍天子竄
吾歌失其煩寬歲在壬寅西隱之偏與子讀書
感彼二賢心跡偶符遂諧姻婭我客孺穀惟子
數來客旣駝酒主彼善詠每飲必歡倒載而回
時或逃暑午飲愷歷爽詭於庭詠何紛紛一日
秋爽偶來三子時惟孟長然明淑士孟長酒徒

豪者所舉子欲壓之伐危以篕一吸五器孟儞
而徙孺穀云亡與會蕭索年運以往忽忽不樂
予於杯中猶深寄托側弁婆娑佀已非昨予每
戒子麵蘖爲害子醉而罵或醒而悔我或觴子
必爲夙戒候子酣適索酒勿對子知予衷往往
自廢嗟乎閑孟竟以此敗嬰疾以來遇酒如懟
咎之所欣今復何在哀哉哀哉三載之前予偕
子孟陽坐子書閣開尊相羊睹子忽忽驚其不祥
憂能傷人將子無忘遠道之客念之彷徨豈謂

此別死生參商於乎哀哉我之生平以友爲命侍子以生奪子何横西城之隅已無子居槎水之船已無子邀我有奇文待子而賞子今何往我有吉酒待子而開子今不來子遺我書歲久盈箱遊戲謔浪皆成文章我欲理之爾泪其滂我嘗客燕子遺我詩凌韓軼蘇離衆出奇我欲展之淚已承睫子之制義神鬼蛟螭病手一編屬我品題我欲序之今以示誰昔之歡資今爲愁具昔以解頤今爲引淚嗚呼哀哉西隱之盟

兒女甫孩漸看成人抱子於懷呼我爲翁與子
俱衰死固常爾何足惟哉未能忘情聊以告哀
子之瀕行用意灑然言不及私叩我以禪我書
數行屬子賢季子讀欣然了佛大意中有偈言
持之弗替竟以此殉袖之而去凡今之人謟曲
嫉妒是非人我鬭諍堅固子之坦易與物無忤
剛腸疾惡一往成故見人一長忘其所挾急人
之難不愛膚髮人留其餘爲家與身子惟不留
至死而貧嗟如此人復有何業三塗八難豈爲

予設予之神明定復何蹈在天在人宜以見告
生平之知無俾眊眊於乎哀哉尚饗

祭沈無回文

嗚呼無回詎至是耶兄文章可以名世學術可以經世風節可以持世胸懷氣量可以容蓋一世頎然玉立斬然霞舉望而知為福德壽考之相乃一第不酬其才一官未究其用而奄忽至是耶吾兩人之交自庚戌傾蓋燕中中間吳越相望聚散不常良晤之期廿年有幾而今遂虛

隔世耶猶憶受之之言曰近識沈無回酒杯流
行意態俯仰絕似長蘅比索無回於邸中相覦
而笑求其相似者而不得也而今遂使我為中
郎虎賁不逾㾓耶吾兩人相聚每以怱怱不盡
意為歎公車之賦屢約同之壬子兄以內艱罷
乙卯弟以附舟先發未成弟皆以病歸夙昔之
約未及一踐而今遂無合併之日矣可不痛耶
丙辰被放同羈留寓舍東西相去十餘里隔日
必一相聞三日必一相見弟先出都門就兄言

別篝燈置酒執手泥瀾別之難如此而今竟成永訣耶兄官黃巖三年巳未之冬兄以假歸而弟適至西湖始得一握手是夜月明同飲於湧金舟中酒闌慷慨察兄之意有甚不能釋然者竊惟其不達夫世之所爲魏科膴仕者其人巳略見之矣而區區欲與噲等爲伍乎嗟乎無回吾知兄葢欲有所用于世而非苟然者也兄性狷潔居恒不妄名一錢而胸懷廓落或不恤傾筐倒庋以緩急人今至以貧仕爲祿養非兄意

也然則兄之不釋然於中者非一日矣而竟以此天其天年耶弟迂疎懶拙於兄不能爲役而兄中心好之又嘗愛弟之畫而弟泛然酬應不能悉其能事以事兄兄晚而遊戲此道每秘惜不肯示人偶一見之氣韵妍妙遂入唐宋諸人之室輒爽然自失欲爲輟筆而今已矣不及見兄之所止矣嗚呼兄卽不得大用於世而小草一出他日宦成優遊林下弟亦將買山卜鄰相攜終老子圖我書子歌我和以酬宿昔之諾豈

不樂乎而兄竟舍我而逝弟將誰與爲質耶嗚呼無回以兄之明達其於死生之際超然不惑無待言矣生而爲世聞人没而祀于鄉先生之列亦可以媿夫泯泯以生没没以死者矣況兩賢嗣翩翩競爽將繼兄之業而代兄色養之所不逮兄其可以瞑耶雖然亦可悲也已言敘生平以佐一觴塡胸塞膺不知所次無回無回其知之耶尚饗

祭張子薪文

天啟四年甲子二月日張子子薪卒於家友人
萁時客武林淹留至八月而歸始得臨其喪以
蔬果致奠而為文以哭之曰里閈之友昝惟三
人最後得子久而益親汪子邑居吳耕遠郊潘
為經師雖邇而遥惟子相求無間時日一日不
見忽忽若失一味之甘一花之開飛書相報我
往子來子病郊居不能遠涉我數就子時勤冊
楫屯橋之畔村童里媪指予而言知與子好嗚
呼哀哉自失閈孟望城悲噎子之逝矣屯橋路

絕嗚呼哀哉我遊西湖子來別余見子健啖尚
謂無虞豈知生平盡此須臾子病數年屢仆而
起恃子善病病不能死於戲痛哉今眞死矣別
子閱月子遺我書期我秋歸竟不能須知有此
事我必不出子行我送非我誰責呼天撫膺吁
嗟何及哀哉哀哉凡今之人噂沓反側子之直
腸如矢注的一言非義頭面發赤凡今之人隕
獲克詘子之介性百鍊剛鐵簞瓢屢空嗟來弗
屑嗟乎子于薪子眞道器尚有餘習未能度世遊

玩之物高明所寄子往而深賢於勢利天假之年觀其所際於乎哀哉凡今之人求多於天富貴壽考子孫衍蕃諸福之中子無一焉人爲子悲我則不然貧士之常況子能守金高於山營營可醜子屋三間爲園數畝千花對榻一編在手貧者樂乎富貴何有人我之塲健者爭先困病得閒乃近於禪藥鑪經卷晏坐儵然病之於子良藥福田我躬不閱遑計後世千年之謀達者所棄子之無營以子無累去來自如夭壽何

貳知子曠懷數年於道此言糠粃子能自了我
嘗語子子神太清舉世混濁擾擾以生厭而薄
之殆將與攖嗟乎子薪匪命之窮世濁子清誰
能子容楞嚴了義自蓋眞言一詞半句可以通
玄子能讀之掩卷瀾翻持以正宗淩雲粲然壁
乎子薪生死芸芸如子之死千萬一人我猶悼
然覗息人閒眼中無子誰樂餘年我留西湖滔
滔不歸豈不思家哭子後時巷無居人鄉夢已
非西湖之上水月林煙念子嘗遊寓目無歡百

頃風荷千章巖桂念子癖花看花傍淚子癖我畫如子癖花我腕欲脫子嫠無涯長箋大軸釘壁攤几每一咨嗟子病若洗嗟乎子薪我手尚在援毫自嬴賞音不再從子書來道子所藏隨子而盡飛去何鄉予畫無靈人琴併亾於乎哀哉我雖好廣中實狷狹喙長三尺非子莫發子不苟同實我畏友今我失子孰攻其咎我於名場每懷退志子之所知我巳早計桃花流水一往千春子今舍我誰與卜鄰於乎哀哉天不憖

遺奪我鄭子又失子薪誰能戀此逝將去之適
彼樂郊麋鹿負蝦我將與交凡今之人不可以
明惟子知我敢告幽冥嗚呼哀哉

祭朱元伯文

丙午之役吾邑同薦者三人公顯與余同甲子
而元伯少於余四歲當是時元伯方少年翩翩
自喜而公顯則魁岸頎碩偉然丈夫獨余長齋
枯寂厖然如病僧自顧福德不逮兩君時時欲
引分而止無何公顯成進士不數年而死元伯

連舉不第乞恩就教職者五六年方擢為國子學錄不及之官而病遂以不起兩君者皆不滿五十位既不顯而復促其年悲哉余雖頹惰自廢于世無所短長然視息人間業已浮兩君之筭始望殆不及此而數年以來既哭公顯又哭吾元伯三人之中巋然獨存感念疇昔復有何樂今年春元伯將之官廷和以使事適越余偕無際觴而餞之越月而廷和訃至又越月而元伯病歸一席之間奄喪二賢自元伯廷和而外

又喪吾兒東半歲之間而吾邑亡三鄉先生又皆余所親厚昌黎有言人欲久不死而觀居此世者何也悲哉元伯為人孝友慈讓坦衷直腸居恒閉戶蕭然不干外事其掌教宿遷也勤於其職撫其諸生如親子弟有事則委曲覆護之郡大夫高元伯之行總淮人士而屬之課督一時靡然向風元伯之歸淮人士相率為歌詩文詞以頌之攜榼而餞者填於路操舟而送者塞於河夫元伯雖局促冷氈無所建豎而其自處

不苟且翕然孚於上下者若此使顯而用之將必有可觀者而竟止於是悲哉人生修短升沉達者等之夢幻元伯體素高亮俯仰無作去來翛然當復何憾吾所不能釋然者與元伯生同時居同里薦同籍而生不識面始於丙午過從謔浪多在長安其餘州里之會經歲不繼遠宦以來書問寥濶又嘗期過郊居數年不遂竟不得以杯酒流連信宿談笑吾所欲進之於元伯者尚懷而未吐也而元伯已逝矣悲哉摻手無

及一觴徒盈罇此情言爲我輩之尚饗

檀園集卷之十一目錄

永興蘭若

令泉紅樹圖

斷橋春望圖

南屏山寺

雷峰暝色圖

紫雲洞

澗中第一橋

雲棲曉霧圖二則

煙霞春洞

檀園集卷之十一目錄終

西湖臥遊冊跋語凡二十二首

紫陽洞

南山自南高峯邐迤而至城中之吳山石皆奇秀一色如龍井煙霞南屏萬松慈雲勝果紫陽一巖一壁皆可作累日盤桓而紫陽精巧頫仰位置一一如人意中尤奇也余己亥歲與淑士同遊後數至湖上以畏入城市多放浪兩山間獨與紫陽隔闊辛亥偕方回訪友雲居乃復一

至葢不見十餘年所往來於胸中者竟失之矣山水勝絕處每恍惚不自持彊欲捉之縱之旋去此味不可與不知痛痒者道也余畫紫陽時又失紫陽矣豈獨紫陽哉凡山水皆不可畫然皆不可不畫也存其恍惚者而已矣書之以發孟陽一笑

雲居寺

武林城中招提之勝當以雲居爲最繞山門前後皆長松參天蔽日相傳以爲中峰手植歲久

浸淫爲寺僧剪伐什不存一見之輒有老成凋謝之感殆不欲多至其地去年五月偕方回泛小舟自小築至清波訪張懋艮寺中落日坐長廊沽酒小飲已裴回城上望鳳凰南屏諸山沿月踏歌而歸翌日遂爲孟陽畫此殊可思也壬子十二月鹿城舟中題

西泠橋

余嘗爲孟陽題扇云多寶峰頭石欲摧西泠橋邊樹不開輕煙薄霧斜陽下曾泛扁舟小築來

亟冷樹色眞使人可念橋亦自有古色近聞且
改築當無復舊觀矣對此悵然

兩峰罷霧圖

三橋龍王堂望湖西諸山頗盡其勝煙林霧嶂
映帶層疊淡描濃抹頃刻百態非董巨妙筆不
足以發其氣韻余在小築時呼小槳至堤上縱
步看山領略最多然動筆便不似甚矣氣韻之
難言也予友程孟陽湖上題畫詩云風堤霧塔
欲分明閣雨縈陰兩未成我試畫君團扇上船

窻含墨信風行此景此時此人此畫俱屬可想

癸丑八月清暉閣題

法相寺山亭圖

去年在法相有送友人詩云十年法相松間寺此日淹留郄共君忽忽送君無長物半間亭子一溪雲時與方回孟陽避暑竹閣連夜風雨泉聲轟轟不絕又有題扇頭小景一詩云夜半溪閣響不知風雨歇起睎杳靄間悠然見微月一時會心都不知作何語今日展此亦自可思也

壬子十月大佛寺倚醉樓燈下題

勝果寺月巖圖

勝果巖石奇秀甲於兩山而月巖尤爲奇勝不知何物人樹一楨楔以障之又於崖上鑿字作道學語可笑石丈無靈見汚傖父予此畫雖不能傳神亦足爲洗垢矣壬子臘月十三日書於金閶舟中時孟陽以送予北上攜此册至同觀者爲方孟旋徐元晦金爾珍翁子遠鄭子野張伯美舍弟無垢從子緇仲

六和曉騎圖

燕子磯上臺龍潭驛口路曾時並馬行夢中亦同趣後來五雲山遥對西興渡絕壁瞰江立恍與此境遇人生能幾何江山幸如故重來復相攜此樂不可喻置身畫圖中那復言歸去行當尋雲棲雲深渺何處此予甲辰與王淑士平仲叅雲棲舟中爲題畫詩今日展余所畫六和曉騎圖此境恍然重爲題此壬子十月六日定香橋舟中

永興蘭若

壬子正月晦日同仲錫子與自雲棲翻白沙嶺至西溪夾路修篁行兩山閒凡十里至永興寺永興山水夷曠平疇遠村幽泉老樹點綴各各成致自永興至岳廟又十里梅花綿亘村落彌望如雪一一似余家西磧山中是日飲永興登樓嘯咏夜還湖上小築同孟陽印持子將輩痛飲翌日出册子畫此癸丑十月烏鎮舟中題

冷泉紅樹圖

余中秋看月於湖上者三皆不及待紅葉而歸湖上故人屢以相嘲予亦屢與故人期而連歲不果每用悵然前月舟過塘棲時見數樹丹黃可愛躍然思靈隱蓮峰之約今日始得一踐及至湖上霜氣未徧雲居山頭千樹楓桕尚未有醋意豈余與紅葉緣尚慳耶因憶往歲忍公有代紅葉招余詩余亦率爾有荅聊記于此二十日西湖領略猶未了一朝別子歸使我意悄悄當我欲別時千山秋已老耍得少日留霜酣變

林杪子嘗爲我言靈隱楓葉好千紅與萬紫亂插向晴昊爛然列錦繡森然建旂旄一生未得見何異說食飽至今追咎遊懊殺歸來早豈意今復爾萬事有魔嬈相牽可奈何是身如籠鳥歸來十日餘昨日試閒眺村邊小紅樹向人亦嫋嫋轉憶故人言西湖攬懷抱開緘讀素書因風爲子道

斷橋春望圖

往時至湖上從斷橋一望便魂銷欲死還謂所

知湖之斂灩熹微大約如晨光之著樹明月之入廬蓋山水相映發他處即有澄波巨浸不及也壬子正月以訪舊重至湖上輒獨往斷橋裴回終日翌日爲楊讖西題扇云十里西湖意都來在斷橋寒生梅萼小春入柳絲嬌乍見應疑夢重來不待招故人知我否吟望正蕭條又明日作此圖小春四日同孟陽子與夜話偶題

南屏山寺

往歲甲寅同淑士平仲過南屏居然亭看石壁

叫絕以後數至湖上或到南屏看友人輒別去
徘徊兩山欲一至居然亭而不果矣見余畫始
恍然如夢中也

雷峰暝色圖

吾友子將嘗言湖上兩浮屠雷峰如老衲寶石
如美人予極賞之辛亥在小築與方回池上看
荷花輒作一詩中有云雷峰倚天如醉翁印持
見之躍然曰子將老衲不如子醉翁尤得其情
態也葢予在湖上山樓朝夕與雷峰相對而暮

山紫氣此翁頽然其間尤爲醉心然予詩落句云此翁情淡如煙水則未嘗不以予將老衲之言爲宗耳癸丑十月醉後題

紫雲洞

己酉三月偕闞孟無際予薪舍弟無垢從子緇仲登烏石峰尋紫雲洞洞石甚奇而憯少南山秀潤之色然境特幽絕遊人所罕至也後三年在小築燈下酒酣弄筆作水墨山水覺舊遊歷歷都在目前遂題云紫雲洞圖竟不知洞果如

是畫否當以問嘗遊者余畫大都如此亦可笑也

澗中第一橋

己酉始至十八澗與孟陽聞孟無際子薪舍弟無垢舍姪緇仲俱至徐村第一橋飯于橋上溪流淙淙然山勢迴合坐久之不能去予有詩云溪九澗十八到處流活活我來三月中春山雨初歇奔雷與飛霰耳目兩奇絕悠然向溪坐況對山嵯峨我欲參雲棲此中解說法嘻哉汪子言

開心隨水滅無際亦有和余詩慫之矣

雲樓曉霧圖

壬子正月晦日與仲錫子與出雲樓慧法師季穌居士送予輩至三聚亭下是日大霧山林模糊已而霽至西溪還小築剛日孟陽持冊子索畫遂追圖此意今又二年矣烏鎮舟中子將子與孟陽夜話偶題

癸丑十月孟陽及子將兄弟與余同舟至吳門夜泊烏鎮酒後題字距壬子一年耳茲稱

一年此時與大醉耶猶記出雲棲消霧初合四望皆空時見天末一痕兩痕皆山頂也月出氤氳竹樹如影在水中有寒柯離蓰挺出空濛開猶帶紅葉分明可愛余畫中最得此意題時草草故所未及當遊時畫時題字時子與皆在今已作故人永隔言笑真可痛也

巳未六月重題

煙霞春洞

從煙霞寺山門下眺林壑窈窕非復人境李花

時尤奇真瓊林瑤島也猶記與閑孟無際自法
相至煙霞洞小憩亭子渴甚無從得酒見兩倌
父攜榼至閑孟口流涎遂從乞飲倌父不顧予
輩大恠偶見梁間惡詩書一板上乃抉而擲之
倌父踉蹌而走念此輒噴飯不已也

江干積雪圖

余春夏秋嘗在西湖但未見寒山而歸甲辰同
二王叅雲棲時巳二月大雪盈尺由赤山步一
路瓊枝玉榦披拂照耀望江南諸山皚皚雲端

尤可愛也庚戌秋與白民看月兩堤余旣歸白
民獨留避雪至臘盡是歲竟無雪怏怏而返世
間事各有緣固不可以意求也癸丑陽月題

甲寅臘月自新安還孟陽觴余湖上大雪襆
被與李大白孟陽方回宿舟中時已迫歲子
將強挽余欲脫不得晨起潛呼一小舠而逝
雪已霽白雲出山與雪一色上下光耀應接
不暇擬作一詩以歸思卒卒不果終是一欠
事也己未夏日虎丘精舍重題

岣嶁雲淵

今年無悶住靈鷲余在小築無悶書來屢約余看紅葉云且埽岣嶁山閣以待余余躍然欲赴會體中小極不果比同孟陽至靈鷲則無悶復以事歸矣爲之悵然是日至岣嶁樹菴上人方禁足淸齋閣上與亭大慧長老亦在焉相與啜茗而去展此圖憶岣嶁山水淸遠深恨不得少留踐無悶之約遂題之以訂後期

孤山夜月圖

曾與印持諸兄弟醉後泛小艇從西泠而歸時月初上新堤柳枝皆倒影湖中空明摩盪如鏡中復如畫中久懷此胸臆壬子在小築忽為孟陽寫出真是畫中矣

三潭采蓴圖

辛亥四月在西湖值蓴菜方盛時以采擷作羹飽噉有蓴羹歌長不能載大意謂西湖蓴菜自吾友數人而外無能知其味者袁石公盛稱湘湖蓴羹不知湘湖無蓴皆從西湖采去又謂非

湘湖水浸不佳不知蓴初摘時必浸之經宿乃愈肥凡泉水湖水皆可不必湘湖也然西湖人竟無知之者圖中人舟縱橫皆蕭山賣菜翁也可與吾歎並存以發好事者一笑癸丑十月吳

江舟中篝燈題

江南臥遊冊題詞凡四首

橫塘

去胥門九里有村曰橫塘山夷水曠溪橋映帶村落間頗不乏致予每過此覺城市漸遠湖山

可親意思豁然風日亦爲清朗即同遊者未驗此樂也橫塘之上爲橫山往時曾與潘方孺阻風于此尋徑至山下有美松竹小桃方花恍若異境因相與攀躋至絕頂風怒甚幾欲吹墮二十年事也丁巳中秋後三日書于孟陽閶門寓舍九月復同孟陽至武林夜雨泊舟朱家角補題

石湖

石湖在楞伽山下寺於山之巔者曰上方逶迤

而來岡巒漸夷而上下起伏者曰郊臺曰茶磨寺於郊臺之下者曰治平跨湖而橋者曰行春跨溪而橋達於酒城者曰越來湖去郭不十里而近故遊者易至然獨盛於登高之會傾城士女皆集焉戊申九日余與孟髯同遊值風雨遊人寥落山水如洗著屐至治平寺抵暮而還有詩云客思逢重九來尋雨外山未能凌絕頂聊共泊西灣茶磨風煙白薇村木葉斑誰言落帽會不醉復空還山下有紫薇村髯嘗居於此今

已作故人矣可歎

虎丘

虎丘宜月宜雪宜雨宜煙宜春曉宜夏宜秋爽宜落木宜夕陽無所不宜而獨不宜於遊人雜沓之時蓋不幸與城市密邇遊者皆以附羶逐臭而來非知登覽之趣者也今年八月孟陽邀吳門余挐舟往會中秋夜無月十六日晚霽偕遊虎丘穢雜不可近掩臭而去今日爲孟陽畫此不覺放出山林本色矣丁巳九月六日清溪

道中題

靈巖

余往來西山數過靈巖山下戊申秋日始得與趣東及其二子梁瞻雍瞻一登餘皆從舟中遥望其林石之秀而已靈巖爲館娃舊址響屧廊采香逕琴臺皆在其上石上有脂痕如履相傳以爲西施履跡殆不可信少時夢與友人至此僧舍作詩醒時記有松風水月皆能説之句辛亥同家弟看梅西磧過靈巖詩云靈巖山下雨

綿綿香逕琴臺雲接遠憶得秋山黃葉路松風水月夢中禪蓋謂此也丁巳九月七日西塘舟中題

題溪山秋意卷

去年殘臘屏居檀園歲暮窮愁百感交集酒杯書卷皆爲愁具篝燈無睡閒以筆墨自遣或一水一石期於引睡而止偶拈此卷嫌其太長初欲縱筆盡之倦而棄去後遂稍斂凡經十宿而成前後疎密筆皆不應置之篋中久未題字偶

過吳門出示松圓道人至武林示宋比玉皆以爲可余視之亦復煥然轉自矜惜矣湖上友人鄒孟陽愛畫入骨藏余畫獨多見此又欲乞之余告以不能滿志孟陽不信蓋過信兩君之言也夫余亦信兩君況孟陽哉知孟陽之愛畫藏之篋中與余無別不然十宿引睡之功三月窮愁無聊之感當終身與余作伴不忍輕擲與人也丁巳六月十一日題於西湖小築

題怪石卷

孟陽乞余畫石因買英石數十頭爲余潤筆以余有石癖也燈下潑墨題一詩云不費一錢買割此三十峰何如海嶽叟袖裏出玲瓏孟陽笑曰以眞易假余眞折閱矣舍姪緇仲從旁解之曰且未可判價須俟五百年後人知言哉丁巳十一月愼娛居士題

題燈上人竹卷

崖歲己酉北上舟過蓮涇訪雙林上人於積善菴出所畫竹卷屬余題字以後每經吳門數欲

過菴中而不果蓋不見上人者六年矣幽窗淨几薰茗相對今日如復理夢中也上人屋後有美竹千竿淨綠如拭今遂化爲烏有而上人筆墨乃益進新枝古榦披展森然如見真竹豈此君神氣都爲上人攝盡無復生理耶輾然一笑遂題其後甲寅清和月

又

少時見余友髯朱畫竹喜而效之度不能勝輒棄去爲林木山水以自娛大都竹於長卷位置

尤難寒梢萬尺雖不乏煙雲變化而詰曲高下坡陀晻映往往不能遂其聳然干霄之勢古人以竹卷傳者予亦未覩奇絕也嘗以此語友人潘與歸休皆以爲然二子皆專工畫竹已卓然成家而獨以位置長卷爲怯其它可知已今日覩雙林上人卷惜不令二子見之一瞠目叫絕且知筆墨蹊徑不可以律方外天遊之人也甲寅四月浴佛日雨初霽風日清和同江子士衡舍弟無垢泛舟桐涇自雲隱菴步至積善精舍

與上人坐窻下毁茶試墨信筆題此

題畫冊

甲寅九月埽墓新安過吳門別季弟無垢於寓舍持素冊授余曰遇新安山水佳處當作數筆歸以相示可當臥遊領之而別自禹航從陸至豐干一路溪山紅樹掩映曲折或曠或奧皆在畫中行歸自屯溪買舟沿溪而下清流見底奇峯帷石參錯溪中兩巖束之上限雲日所謂舟行若窮忽又無際者昔人稱新安江之勝今[illegible]

見之每欲下一筆逡巡不敢歸與無垢言之但相對一笑而已然此冊猶在余篋中每開視之猶作新安山水想乙卯北上乃復攜之而行京師塵埃蔽天筆凍欲死畫意蓋不得發丙辰落魄而南長夏閒居思理筆研簡得此冊則曩時新安山水又付之子虛烏有矣因隨意弄筆以解煩熱數日而冊滿尚欲題字識此一段因緣鄒仲錫一見便奪去固索不得好畫如仲錫便脫手相贈不足復惜但此冊未畫時已走新安

往返二千里京師八千里中而遊覽之樂車馬風塵菀枯氷炭之感歷歷皆影現於此不可不惜也因題而歸之丁巳五月二十四日

跋盆蘭卷

己未春余北上至濠梁病還夜輒苦不寐獨處惘惘非對友生流連花酒即無以遣日二月二日與子薪韞父爾凝家伯季從子泛舟南郊聽江君長絃歌値雨子薪偕爾凝君長宿余家盆蘭正開出以共賞子薪故有花癖燒燭照之嘖

噴不已花雖數莖然參差掩映變態頗具其葩
或黃或紫或碧或素其狀或合或吐或離或合
或高或下或正或欹或俯而如瞰或仰而如承
或平而如揖或斜而如睨或來而如就或往而
如奔或相顧而如笑或相背而如嗔或擁抑而
如羞或偃蹇而如傲或挺而如莊或倚而如困
或羣向而如語或獨立而如思葢予薪爲余言
如此此非有詩腸畫筆者不能作此形容也余既
以病不能作一詩記之欲作數筆寫生而亦復

不果然是夜與子薪對花劇談甚歡胸中落落一無所有伏枕便酣睡至曉從此病頓減此花與愛花人皆我良藥不可忘也今日子薪邀過花癖齋看鶯粟花花既爛熳映帶新綠時雨驟至物色韶潤小窗對飲情境清適廻思春夜賞花之樂皆百年所未易有子薪出素卷相屬因髣髴爲寫盆花并追紀其語於後四月朔日也

檀園集卷之十一終

檀園集卷之十二

題跋 凡二十七首

題畫冊
題林巒積雪圖
題畫冊
題閑孟詩冊
題畫爲子薪
題畫冊爲同年陳維立
題畫冊後爲李郡守鶴汀
題雪山圖
跋蕁亭書帖

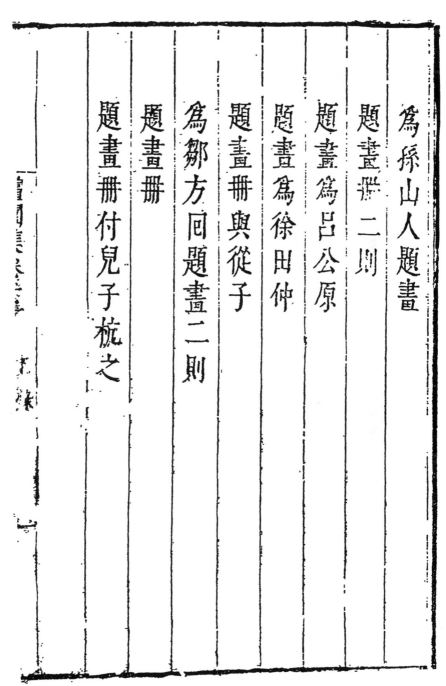

檀園集卷之十二目錄 終

題跋 凡二十七首

題畫卷與子薪

三月十八日余自吳門還翌日與子薪相聞且招之子薪報云彥逸亦在此質明當與偕來是日輕陰風氣蕭爽集伯氏從子輩於寶尊堂既酣子薪彥逸遂留宿山雨樓頭晨起登樓看雨焚香啜茗頗適飯罷兩君便欲別去予曰家釀頗冽尚堪小飲當爲稍淹已維舟於門矣既飲

洒白于玉芳於桂昔於泉新綠映檻雨潤欲滴
門外屐聲不至昺門足而談或笑或歌或泣皆生
平懷而不盡者遂不能去肴既盡佐以笋蕨重
滌酒器出所藏哥窯舊玉二杯陳案上呼五木
得異采者飲一杯童子時時摘花來供薏既芳
薔薇覩人而笑虎茨數樹著花如雪掩映齋壁
予薪往往叫絕因相牽入愼娛室索墨汁屬予
畫且畫且談竟盡此卷欲題一詩已醉不能聊
紀此以資它日譚柄相知如閑孟孟陽者可一

示之勿以示俗人也巳未三月廿二日泡菴道人題

題畫冊

慎娛居士有幽憂之疾夜苦不寐寒冬漏長獨酌易盡久讀傷神又無觀力不耐枯坐唯賴筆墨可以自遣心手有託形神暫調意適而忘與夢俱至此冊自冬徂春經三月而成爲山水林木者廿幀爲雜花折枝者十幀爲古德機語眞行書十幀蓋皆可以自娛而不可以傳者其眞

愼娛居士之詩畫也歟

為與游題畫冊

與游以此冊屬畫藏笥中二年苦無興會未敢落筆今年十月過虞山看楓葉於吾谷因登維摩下至與禰清遊甚樂翌日入郡待月於虎丘舟中無事簡得冊子遂畫八幀歸家祿祿治裝北行又置之笥中將至鹿城念當與與游別復畫得二幀宿逋頓了為之一快余畫無師承又不喜臨摹古人如此冊於荆關董巨二米兩趙

無所不倣然求其似了不可得夫學古人者固非求其似之謂也子久仲圭學董巨元鎭學荆關彦敬學二米然亦成其爲元鎭子久仲圭彦敬而已何必如今之臨摹古人者哉余不能畫而知其大意如此願與與游參之時天啓元年辛酉十一月十九日婁東舟中

題畫

余近喜畫小冊時有好事者往往致此乞畫此冊亦爲友人所乞攜之虞山是日風日淸美與

子嵩尋吾谷盤礴楓林下冊黃如纈飯後呼兜輿至維摩與禰兩蘭若歸而落日映湖圓月出嶺矣因出此冊示子嵩便欲攘去予嵩愛予畫十年所畜皆落盜手遂欲以攘補之知攘効矣顧余手在患子嵩不好爾何必爾耶因題而歸之并發一笑

余嘗畫柳贈西湖張女郎題云斷橋堤外柳如絲愁殺春風煙雨時見說美人能愛畫的應將此闋腰肢女郎珍重此畫數持以示人由是湖

上之人無不知余能畫柳者乃至緇流道民亦以見乞一日瀆權寺小師乞余畫輒依前韵題云西湖煙柳斷腸絲只合將來圖翠眉料得禪心應不染也教和墨寫風枝後又為靈隱遠沙彌題扇云愛柳終何意秋風君始知青青雖畫得不是動搖時為六如畫此便面巳數年紙墨剝落猶為裝池成軸可以見其癖好不減女郎小師也

題畫為子薪

去年以高麗繭紙成三冊子一以遺淑士一遺子薪其一留篋中七月新涼子薪窻前紅茉莉爛熳異常余連請之酒酣興發輙倚案取冊子弄筆作畫畫盡十幀尚未題字今年子薪病中致此索書暑月揮汗懶近筆研置架上一日索之已亾去矣念子薪愛畫入骨又病中藉以遣興不敢以告之大索十日不得簡篋中素冊尚在連夜篝燈畫此償之前在子薪齋中乘興走筆多草草不愜意此冊仿諸家雖不盡得形模

然筆墨氣韻差不大謬於古人豈獨煥然復還舊觀直可謂後來居上矣若畫能療疾予薪當霍然而起爲余置酒紅茉莉下開東軒一賞之

壬戌七月十日

題畫冊

戊午夏寫經皐亭眞歇禪師塔院平頭從城中裝一小冊置笥中六月出山舟中熱甚不堪近筆研閒而復卷八月重至湖上復攜此冊而往舟中無事畫得五幀意倦輒止歸而匆匆治裝

北行途中病還數月以來不見湖山無從發畫
思九月乃復來錢塘買舟西湖留連十日飽看
兩山紅葉而歸則此册又在几頭矣舟次吳江
風雨如晦燈下飲數杯輒畫三紙明日抵葑門
晤淑士小飲而別泊金閶城下與君長復命酒
對飲君長飲戶太窄不三酌已醉雨過月出天
水如洗徙倚船頭聽君長吹簫度曲彈三絃遂
不能寐篝燈試墨又畫得四紙前後共十二幀
竟滿册矣又明日舟過維亭出此展玩復爲寫

舊作題畫絕句幾記歲月已未十月二十日也

題白雲青嶂圖

昔年有僧乞畫余爲題一詩云白屋半開茆破碎青林一帶雨淋漓寶池行樹無人愛却愛人間小景兒蓋爲此僧不信淨土而作也偶仿董北苑筆意作白雲青嶂圖憶此併書之似道友予薪一笑予薪酷愛畫又專修淨土其以此詩爲何如也天啓癸亥初春

題畫冊

去歲八月過吳門晤王淑士兄弟宿留虎丘秋熱甚酷舟還至鹿城稍有涼意同舟夏華甫攜得宋箋冊子愛其光潤宜墨輙作水墨兩冊閒遂盡此冊自謂稍存筆墨之性不復寄人籬壁但當世耳食者多識眞者少聊僭手戳上諸君子之名以恐喝之效顰學步非予本懷今摹古者見之當爲一笑然後世有知此道者亦或相賞形似之外耳天啓癸亥八月十二日題於檀園蘿龕

題林巒積雪圖

癸亥逼除連日大雪閉門獨飲小酣輙弄筆墨偶得舊楚紙喜其澀滑得中爲破墨作林巒積雪圖古人畫雪以淡墨作樹石凡水天空處則用粉塡之以此爲奇予意此與墨塡者皆求其形似者耳下筆颯然有飄瞥掩映於紙上者乃眞雪也願與知者參之廿八日薄暝映雪題於劍蛻齋中

題畫册

辛酉臘月北行意思蕭索到吳門聞子將將來遲之同行因暫住虎丘之鐵佛僧舍時送余者爲子薪魯生舍弟無垢舍姪宜之兒子杭之武林都修之時時抱琴來作數弄北玉還白下與予一路同來樂酒晨夕古白同寓舍間月一相對楚中李宗文居停亦相近女冠王修微數以扁舟往來山中差不寂寞然夜闌客散輒苦無緒或終夜不寐無可自遣燈下索墨汁作書及畫同居者皆得飽所欲而去以此爲笑樂兒子

不好學而偏嗜畫每欲裁之不欲身爲作循然與酬輙怱之此冊數幀于酬客之暇乘興點染不知爲兒子所乞也書畫本高人之事非讀書萬卷胸中筆下無半點塵俗者不能工兒輩患不好畫耳未有好畫而不肯讀書者昔人云我常自教兒此非解嘲語不然亦當如淵明詩云天命苟如此且進杯中物耳無以爲別書此一笑十二月三日燈下題

題閑孟詩冊

五言古詩至少陵而一變流而爲退之樂天至於東坡而變已極矣然皆不出於少陵而能各成其一家者也閑孟跅𨂂之才不爲律縛獨古詩時一作之有韓之奥有白之達有蘇之縱橫而吐納風流率其胸懷韻致獨絕則前後五百年詩人中所無也閑孟不喜以詩人自居世無知其詩者獨余與孟陽時稱之今其遺詩不及百篇傳之其人豈無復有楊子雲者以予之言爲不妄乎往歲庚戌在都下閑孟寄予病起諸

什余與淑士負暄簷際開卷讀之時時叫絕乃閑孟篋中所留有一二為余所未見其中有不見懷之什而都未及見寄不知閑孟何意也閑孟往往自怯其書其寄予詩卷倩友人書之予每以為恨閑孟書雖不工固閑孟之書也手澤在焉嗚呼閑孟已矣此眞閑孟之手澤也悲夫天啟壬戌七月彥逸致此卷索題拭淚書此

題畫為子薪

余友張子薪愛遊而善病愛友而寡交一病數

年足跡不能出戶交遊既絕獨以臥遊爲樂故其愛獨鍾於予又獨鍾於予之畫余閒日必一造問十日五日一自往子薪必具楮素觔筆研以待卷軸縱橫篋匧盈溢而徵索不已每一畫成傍偟歎賞若可終身於是者已見人一紙一素又恨不能奄有之以是數求多於余其癖如此秋月余將過武林子薪又以此冊授之曰子遊西湖徘徊於六橋兩山之間余不能遊而又失子庶得子畫以代我遊且以代子談何如余

閒而悲其意不忍拒也余之歸子薪又將有辭以屬余日出子之所遊而得者以示予予復何辭以拒焉余知余之所以應子薪者非脘脫不能止也書此一笑天啓癸亥中秋日

題畫冊爲同年陳維立

維立兄以素綾小幀索畫且戒之曰爲我結想世外勿作常景余思世外之境則如三島十洲雪山鷲嶺之類不獨目所未經亦意所不設也其何能施筆墨竊以爲景在人中而人所不能

有之者多矣前人之所有而後之人不得而有之者多矣夫人所不得而有之即謂世外之景其可乎俯仰古今思其人因及其地或目之所經而意之所可設是可以畫畫凡十幀如淵明之柴桑無功之東皐六逸之竹溪賀監之鑑湖摩詰之輞川次山之浯溪樂天之廬山子瞻之雪堂君復之孤山所謂今之人不得而有之者也如漁父之桃源則所謂人亦不得而有之者也畫成偶有所觸因各賦一詩不詠其地而詠

其人以爲地非人不能奇如三島十洲雪山鷲嶺非仙佛亦不能奇也然仙蹤佛跡不在世外如桃源之類往往有之非其人自不遇耳余所詠諸賢亦有不能終保丘壑者或老於丘壑而文采風流不足以傳幷山川之奇湮沒而不彰者可勝道哉如是則古人之所不能盡有者又將待其人以有之其人伊何將求之世外乎求之世間乎請以此抑之維立

題畫册後爲李郡守鶴汀

徐田仲以素綾冊予屬畫曰將以貽同官之長鶴汀李公余聞公政事之暇留心書畫精於鑒裁余自顧畫無師承且伏處海隅無山川之奇足以發其志意遊跡所歷不越數千里五岳名山未嘗得一遊獨好觀古人之跡如荊關董巨及勝國諸名家時一效顰又嘗見史傳所載昔人遊居名勝之處輒為神往足雖不至而思其人及其地謂可以髣髴貌之不獨臥遊山水兼以晤對古人蓋皆欲以自娛而不可呈之賞鑒

者之前也公治杭未三年而政成人和癈墜修舉比者清湖之役不避豪右斷而行之使空明瀲灩還其舊觀泳游呴沫皆荷明德論者以爲白蘇復生而余亦謂公之風流節概未可以今人中求之也上下千餘年西湖爲白蘇兩人所有後之人安得而有之今則又當屬之公矣如余所畫庾公南樓謝公東山及其他名勝之地未有不因其人以傳者也余他日叟請爲公圖西湖之勝以繼古人之後可乎余畫雖不工固

將附青雲之末以傳之無窮也巳

題雲山圖

甲子嘉平月九日大雪泊舟閶門作此圖憶往歲在西湖遇雪雪後兩山出雲上下一白不辨其爲雲爲雪也余畫時目中有雪而意中有雲觀者指爲雲山圖不知乃畫雪山耳放筆一笑

跋摹書帖

學書貴得其用筆之意不專以臨摹形似爲工然不臨摹則與古人不親用筆結體終不能去

其本色摹書然後知古人難到咫尺寸寸而規之求其肖而愈不可得故學者患苦之然以爲某書某書則不肖去自書則遠矣故多摹古帖而不若其難自漸去本色以造入古人堂奧也

庚申新正十日試筆題於劍蛻齋中

題畫冊

從舍弟無垢得宋紙十六幀裝成一冊予去年在湖上畫得八幀分寄張會稽宗晚半留篋中寒夜酒闌篝燈無聊輒弄筆遣興意不在畫然

以示同志輒謂得勝國諸人氣韻筆渺文人閒
予將鄰方回皆欲奪之而不得時時開看以自
娛樂非予所甚好不與易也天啓元年辛酉午
日檀園薄醉題此

此爲僕沙彌所藏將死歸於我僕而藏之不忍
看也㕥何張伯英過我請觀之且曰此余嘗購
之沙彌而不得者也余癖子之畫不減沙彌其
藏於我猶藏於子也夫出于子之手而無窮子
何秘焉余曰余悲夫沙彌之意也昔人騐書畫

之好如煙雲過眼不復足留意矣人已往矣而何有於區區之好乎雖然複壁而藏據舷而乞其癖固為後世所笑而其名亦且附書畫以不朽吾以為猶異于營營之俗人也予之畫不能如古人蓋將僭好者之癖以不朽矣子其無忘沙彌之意哉張子日雖唯遂題而授之沙彌俗姓胡十歲事余相隨二十餘年北走燕齊南走越又嘗入雲棲參蓮禪師師名之日智仮今年病瘵死死之前十日從覺空禪師落髮受沙彌

十戒念佛合掌向西而逝故稱侒沙彌云天啓
癸亥十月題於留光舟次

題畫爲呂公原

余友丙市吳子數爲余言呂公原先生其人神
恬有道君子也神交二十年前歲壬戌始於都
下一晤旋以交臂別去每用爲恨是歲先生奉
使榷關荆楚瀨行吳子以素冊屬畫爲贈余曰
先生方用世青山白雲只可自怡豈堪持贈乎
吳子曰否否公原丘壑之姿故當玄對山水且

愛子之畫恨不能致此固公原意也余老且貧將從公原乞買山錢以隱又僭予之畫以爲余作合予無靳焉余笑曰有是哉余賣山以活而子買山以隱恐子之有待不如余之無待也請遂質之公原先生爲一剖之甲子冬日

題畫爲徐田仲

錢塘襟江帶湖山水映發晷且百變出郭數武耳目豁然扁舟草屩隨地得勝天下佳山水可居可遊可以飲食寢興其中而朝夕不厭者無

過西湖矣余二十年來無歲不至湖上或一歲再至朝花夕月煙林雨嶂徘徊吟賞饜足而後歸湖上友人愛余畫甚於愛山水舍其眞而求其似余嘗笑之然余畫無本大都得之西湖山水爲多筆墨氣韻間或肖之但不能名之爲某山某寺某溪某洞耳今年在湖上爲李鄣伯陳司李畫二册子同年徐使君田仲見而愛之心欲之而不言余媿其意歸而作錢塘十圖以遺之大都常遊之境恍惚在目執筆追之則已逝

矣強而名之曰某山某寺某溪某洞亦取其意可耳似與不似當置之勿論也使君佐郡五年西湖之人戴之若慈母今且晚內召去矣不獨畏壘深去後之思而使君亦何能無桐鄉之戀試披此冊使湖山常在几案間余畫又能爲西湖與使君結再來緣矣

題畫冊與從子

今年在西湖六七月日以書畫爲役手腕幾脫秋中言歸遂絕意此事數月以來牽於塵鞅閒

有酬應非其所樂臘月自吳門還連日陰霧閉無剝啄頗有紙窗竹屋之致偶簡得從子綖仲所乞高麗繭册連畫得十二幀或挑燈酒闌雜以夢境或映簷阿凍盥櫛都忘人生閒適之味不可多得至於筆墨遺意尤難吾不知此畫方之作者工拙若何然其胸懷所寄不受促逼或亦不當以工拙目之矣天啓甲子嘉平日慎娛居士題

爲鄒方回題畫

此冊爲亾友張子薪物辛酉秋日過子薪花薜齋看紅茉莉酒後作之重過賞桂花始得卒業壬戌夏寄此屬題武林鄒方回來從架上見之遂竊去大索不得復置一冊償子薪畫跡殆過於前而此冊終不知何往比至湖上閱子有爲余言之鄒父之疑一笑而解明年子薪死又二年而方回始持此見示余曰暴哉客乎巳有據矣子幸主者之死而可追於論乎顧余畫不逮虎頭子之暴則可以空厨矣推而極之句所不

至焉雖然予新死而所藏余畫皆不知屬之何人并所償之冊亦破厨而飛矣夫何惡於予遂一笑書之以歸方囘爲武林鄒氏所藏之物

此册前四紙作於庚申迹細而拘後六紙作於甲子迹放而野似出兩手余亦不復識認方囘云甲子春偕往皋亭携此册屬余覓之醉後篝火潑墨半雜夢寐余且見而笑之况它人乎惡屬方囘毀之而方囘不可曰此亦余兩人一時事也與會所在豈復論畫哉余頌之蓋余之無

意於名也久矣天啓丙寅七月五日陰城湖畔同方回幼輿放舟乘涼題此

題畫冊

四年前夏華甫致此冊乞畫苦其太多置笥中經歲始得卒業未及題署便以還之久不復省憶矣今日忽從他處得見又見孟陽比玉兩兄所題近體詩便如故物與舊交俱自遠歸歡然合併一堂之中也但不知此冊既離舊主終當屬阿誰他日相逢恐未復可期耳書畫何必吉

人吾輩閱歷歲月俯仰之際今昔已多豈不能無感於斯也天啓丙寅三月穀雨題

題畫冊付兒子杭之

此冊畫于己未之冬時象濚師在白鶴寺余延至檀園講起信論張子薪襆被來朝夕問難頗有開發每論濚至夜分或倦則於燈下弄筆作小景子薪愛畫善病借此以娛樂之然冊子爲杭兒所裝子薪不欲奪之遂得獨留俯仰八年間象師以溺死子薪以瘵死余亦漸老且懶不

耐作小幀細筆矣展展看慨然不覺淚下因復題
此屬兒子善藏之師友存亡之感及老人濡毫
研墨之時皆在于是勿輕以授人也

檀園集卷之十二終

李長蘅墓誌銘

長蘅姓李氏諱流芳其先徽之歙縣人也
其祖贈奉政大夫文邨始徙嘉定文邨之
子汝筠繼室以陳生長蘅長蘅風流儒雅
海内知名者垂三十年其殁也識與不識
皆聞而悲之然長蘅之生平孝于親友于
兄弟澹蕩於榮利而篤摯于君臣朋友則
世未必盡知之也長蘅少有高世之志才

氣宏放不可紲羈自其兄翰林君蚤世始
撫心下氣求工應舉之業以慰其父母更
十餘年與予偕舉於南京當是時長蘅之
年漸長而又以為不逮其父雖橋褐趨時
其中固已不能無厭薄之矣再上公車不
第又再自免歸皆賦詩以見志自是絕意
進取誓畢其餘年暇日以讀書養母謂人
世不可把翫將刳心息影精研其所學於

雲樓者以求正定之法未久而病作猶焚香洮纇手書華嚴不輟又以其閒寫唐宋大家詩至數十帙皆未就而卒嗚呼其可悲也長衡事母色養甚備敬其長兄撫其弟妹若姪絕少分甘皆人所難能者碩不事脩飾邊幅以孝謹取名與人交落落穆穆不以握手出肺肝為信磨切過失周旋患難傾身瀝腎一無所顧避平居不入公

府譚居閒筆牘之事輒頭面發赤家貧資
脩脯以奉母稍贏則以分窮交寒士亟未
嘗立崖岸之行以潔廉自表襮也性好佳
山水中歲於西湖尤數所至詩酒塡咽筆
墨錯互揮灑獻酬無不滿意山僧榜人皆
相與款曲軟語閒持縑素請乞忻然應之
其為人和樂易直外通而中介少怪而寡
可其於君臣朋友之間大節確然不可得

而犯干也歲壬戌遼陽陷都城震驚遂喟
然束裝南歸其意以爲毋老身未仕猶可
以無死也以可以無死而歸則其不可以
無死而死焉必也假令世不幸而有有唐
天寶之事茍受一命如王維鄭虔之爲我
知其必不忍也丑寅之交每竊嘆曰事不
可爲矣徃徃縱酒無聊至於泣下遂病咯
血不能止病且革聞余被放撫枕嘆詫已

何遂不起崇禎二年之正月也享年僅五十有五嗚呼其尤可悲也長蘅交知滿天下其少所與游處曰鄭胤驥閑孟王志堅弱生故其子娶閑孟之女而其女歸于弱生之子其尤敬愛者曰程嘉燧孟陽孟陽謂長蘅書法規橅東坡畫出入元人尤似吳仲圭詩彷彿斜川香山晚於格律更細尤歎賞鼻亭南歸諸篇以為非今人可及

也長蘅既亡之三年以今年二月十二日葬南翔之祖塋其子杭之泣而言曰宜銘吾先人者誰乎有先人之友程與錢在孟陽曰吾老矣過時而悲不能文也銘莫如錢氏寓于是杭之纍然喪服來徵銘孟陽助之請尤力嗟乎長蘅精勤學佛既了然於去來之際矣予銘之不勝其悲其以余為怛化已夫銘曰

雲棲之教落日懸鼓西方為宗華嚴樓閣
涌現筆端畫畫開遮人世璅碎辟大海水
跳擲魚蝦姱俏介節紛然建豎猶算河沙
命耶才耶簸頓屈信其又奚嗟文章粉繪
留世間者燦爛春花後千斯年與此銘章
倬為雲霞

賜進士及第嘉議大夫禮部右侍郎兼翰
林院侍讀學士協理詹事府事常熟錢謙

益謹述

新安程嘉燧書丹

莆田宋　珏篆蓋

檀園集後序

明府師三年報政之後訟堂屢空琴室轉靜於是採察謠俗博訪詞林爰自國初到今凡邑之縉紳孝秀以逮高世養德之士其文詞之沒而不見及既行而叢殘放散者咸搜葺遴選以備一邑之文獻而唐先生叔達婁先生子柔程先生孟陽暨家叔父長蘅先生則人自爲集先總集而刻行之蓋此四先生者皆能潤世篤俗究古明道接中晚以復之遂初者也是時叔父臥

蘅檀園藥餌之暇自汰其前後所存詩文爲十二卷命宜之同杭之讐較之巳復前宜之而語之曰文章之道本於六經自先秦諸子浹於漢氏而後旁暢於史集此文章之源流亦學問之次第也予少沉於科擧之業學無根本不能通經見汝父爲詩竊私喜而習之顧視一時所號爲詩人其嘲戲風月以取懽流俗者意頗不屑爲之伍獨見孟陽一聯半韵輒哦之盈月不忍釋手以爲是殆終身弗可及也巳乃孟陽兄子

詩亦往往過稱之以此稍復自信生平往來燕齊及遨遊吳越山水間見夫林泉氣狀英淑惟麗與夫風塵車馬之跡人世菀枯之感雜然有動於中每五七其句讀平上其音節而爲詩年來將毋十訟退而灌園朋舊過從發憤時事和汝唱余篇什稍多然皆出於已而不丐於古於凡格律正變古今人所句爭而字辯之者終不能窺其堂奧也至於古文益率意爲之無所裨述間復癖懶中廢不及成篇故其所存自序述

哀誄而外不過題跋數則孟旦覲雍乃欲彙萃
爲集而方儁於三君子之間予竊媿之因敘序
次此意爲一文以自解而久病不能搆思汝盍
爲我序之宜之以爲文章之道本於六經而六
經非文章也其所反覆諄切以垂教萬世者實
在君臣父子夫婦昆弟朋友之倫其後以六經
爲粉藻即好古博貫之儒亦止咀其華而忘其
實於是分文析字獵三古之毛羽以效用於文
章而六經之道遁矣叔父雖未出而事主然於

賢奸治亂之際一飯未嘗忘君也逆璫擅柄詔獄屢興三吳同志如繆當時周季侯顧伯欽輩皆掠立斃死而起東文起孟長受之部賓輩亦相繼削籍無一人立朝者叔父慨然傷君子之道消而又懼夫宗社之危若累卵然而不能須臾也憂天憫人之思往往見之於歌詠乙丑公車之役不樂而罷以高冥自期偶從客坐聞談璫之言必裂眦扼腕若聞父母之仇憂憤斯蘊遂發錮疾嘔血數升伏枕經歲蓋其至性所鍾

薦於君臣之義如此事我王父生盡誠而死盡
哀終喪三年杖而後起其事王母盡竭色養之
孝既登賢書猶在子舍四方脩脯之饋必奉持
而歸之王母二十年不私名一錢從母專愚不
辨菽麥叔父以種祠之重勉置副室然而如賓
之敬終身不衰兄弟五人先太史獨蚤世叔父
恩勤宜之不啻已子敬長兄而慈幼弟王父所
授薄田不滿百畝大半以周弟妹之貧郡邑有
司之試苟可以薦剡達者終不以巳子先從子

也一日之雅愛敬皆有終始他人或言友生之過如聞家諱未嘗出之於口必曲護其短而徐纍其所長不幸短命而死則周卹其孤若親子弟閉孟既已不壽無子子薪繼之亦無子而家亦貧至不能成喪叔父爲經紀其後事而歲時存問其未亡人今子薪之歿五六年閉孟且十年矣而苦憶沉痛若在新歿叔父之於五倫至矣六經之實備於叔父之一身又必與文多道寡者埶當美於枝葉葢藝之至者不兩能

而叔父兼之然技而不道叔父之所不矜也居恒自言我古文不及叔達書法不及子彔詩律不及孟陽獨畫無師承而頗得古人之意江南山川之雲氣亦時時隱現於毫楮雖不足傳其於自娛固有餘矣而叔達先生每歎息於叔父之文以爲庶幾同甫所評雍容典雅紆餘寬平而其味常深長於意言之外者至於署書門題一榜尋尺結構精嚴不異小楷則子彔先生猶自謂弗如孟陽先生論詩以七言八句爲難工

而絕愛叔父近作嘗言長蘅之澄澹精緻受之之綿密彪炳皆七言之長城也至於五言古詩如南歸諸什則孟陽先生亟口諷手鈔比於淵明靡詰之詩非僅徒鮑謝輩元白爾已叔父身病而心壯病愈之日若不逃之空寂焚棄筆硯則詩文之斐灼方將與歲月俱無窮檀園一集殆非叔父之大全也宜之尚欲砥礪舉業睎規科第未能根蒂前古承叔父通經之訓以究先太史未竟之業文章之道茫然望涯縱復覃精

竭慮亦何能繪畫日月之萬一 雖然此吾父意
也其何敢辭秉筆覼縷亦聊以伸叔父之意云
爾崇禎二年歲己巳元夕後五日猶子宜之謹
序

弁語

住武丘山中選閱房書邂逅陵如遂成莫逆每至予坐見楮墨坌集攢眉便走予笑曰渴少佐我輒大言曰不能與八股作緣私竊怪之過寓樓止詩編一二凡上叩之故復絶倒曰聖人賢者即予不韻之詩賦比起輿即予應制之文也何怪爽然歎服相見惟飲酒放言而已一日醉後手小帙見示曰此予故艸欲去未盡　爽然曰

汀上[illegible]

難节口吕工不丁上叢

社弟黃兼題

國家圖書館出版品預行編目資料

檀園集

明・李流芳著. – 初版. – 臺北市：臺灣學生，1975.05
面；公分 －－ （歷代畫家詩文集）

ISBN 978-957-15-1531-1 (平裝)

846.8 100013317

歷代畫家詩文集

檀園集（全一冊）

著作者：明・李流芳
出版者：臺灣學生書局有限公司
發行人：楊雲龍
發行所：臺灣學生書局有限公司
臺北市和平東路一段七五巷十一號
郵政劃撥戶：〇〇〇二四六六八號
電話：（〇二）二三九二八一八五
傳真：（〇二）二三九二八一〇五
E-mail：student.book@msa.hinet.net
http://www.studentbook.com.tw
本書局登記證字號：行政院新聞局局版北市業字第玖捌壹號
印刷所：長欣印刷企業社
新北市中和區永和路三六三巷四二號
電話：（〇二）二二二六八八五三

定價：平裝新臺幣八〇〇元

一九七五年五月景印初版
二〇一一年八月初版二刷

ISBN 978-957-15-1531-1 (平裝)